婚約破棄で追放されて、幸せな日々を過ごす。3

……え？　私が世界に一人しか居ない水の聖女？　あ、今更泣きつかれても、知りませんけど？

登場人物紹介
イナリ
チート級の強さを誇るイケメン。
その正体は災厄級の魔物・妖狐。
モフモフで可愛い子狐の姿になれる。
食いしん坊で
アニエスの料理が好き。
コリン
孤児院出身の獣人の少年。
小さなハムスターに変身できる。
食いしん坊で弓の名手。
アニエスを「お姉ちゃん」
と呼び慕う。
アニエス
水の聖女。
トリスタンに婚約破棄の上
パーティーを追放され、
イナリとコリンと共に旅をしている。
水魔法で生み出す神水は
能力を倍増させ、
状態異常を直す。

ミア
土の聖女。
ドワーフで、若く見えるが
アニエスより年上。
正義感が強く元気いっぱい。
ロレッタ
占星術師。トリスタンに
騙されて行動を共にする。
ドラゴンより強い力を
秘める……!?
フリーデ
鉄の国ゲーマの近衛騎士隊長。
魔の力で荒廃してしまった
ゲーマの復興に尽力中。
モニカ
アトロパテの王女。
まだ10歳だが
異常にしっかりした性格。
長く病に苦しむが……?
トリスタン・
フランセーズ
フランセーズ王国の第三王子。
勘違いが激しいバカ王子。
盗み出した魔剣を探している。

プロローグ　封印の一部が解けた魔の力

私、アニエス・デュボアは水の巫女。ある日いきなり「婚約しないと国に災いが起きる」と言われてフランセーズ王国のトリスタン王子の婚約者に選ばれ、生まれ育った村を出た。その後は王子が道楽で集めた冒険パーティに無理矢理加入させられ、行動を共にしていた。だけど、水魔法しか使えないからと追放され、婚約破棄される事に。

晴れて自由の身になった私。しかし、偶然出会った妖狐のイナリから、実は私が水の神に愛される「水の聖女」だと言われてしまう。水の聖女の力なのか、私が水魔法で普通に出した水は、飲むだけで一定時間能力が向上して万能薬の効能まである「神水《しんすい》」というものらしい。

イナリと、ハムスターの獣人の少年・コリンの三人で旅をしながら植物を蘇らせたり、ポーションをたくさん作ったり、神水の力で困った人を助けていたら、ほんの少しだけ有名人になってしまった。

そんな私のところへ助けてほしいとやってきたのは、自分を「土の聖女」だと主張するミアちゃん。

ミアちゃんから詳しく話を聞くと、どうやら国や家族に、正式に自分を土の聖女として認めさせたいらしい。私たちはミアちゃんの住む鉄の国ゲーマへと向かった。そんな中で、ミアちゃんの故郷であるドワーフの村から、大切な聖石が盗まれたという話が舞い込む。

ミアちゃんは土の聖女の力で鉱物がどこにあるのか分かるので、聖石の反応がある場所へ向かうと、何故かゲーマに居たバカ王子……もといトリスタン王子の荷物袋の中に入っていた。何故彼がここにいるのか、何故聖石を持っていたのか——そういうことを深く考えるのは止め、聖女の力と、可愛い見た目からは想像もつかない鉄拳のパワーで無事に聖石を取り戻したミアちゃんは、ドワーフの村で土の聖女として認められ、ゲーマの国にもその名声は広まっていく。

ミアちゃんの願いを叶えたので、フランセーズ王国に戻ったんだけど——一体何が起こったのか、全ての魔物の元となる魔の封印の一つが解けてしまい、これまでとは比べ物にならない程に魔物が凶悪になっていた。怪我人が続出して薬が足りなくなり、水の聖女の力を使って薬師のソフィアさんのお手伝いをしていたのだけど、薬の材料が入手できなくなってしまう。

どうやら魔の影響で、花の国ネダーランに居る花の精霊の女王に何かが起きているらしい。ソフィアさんを加えた四人で様子を見に行くと、普段は緑あふれるはずの花の国には魔の力がはびこり、森の木々が黒く染まり、草花が枯れていた。

ネダーランの王宮に辿《たど》り着いたけど、そこに女王は居なかった。女王の娘ユリアさんに話を聞くと、事もあろうにトリスタン王子が魔の力を持つ魔剣を持っており、花の精霊の女王を斬ったと——なんと、この事態の元凶はトリスタン王子だったのだ。

イナリと共にトリスタン王子から魔剣を取り上げることに成功したものの、それでも、魔の力に汚染された土地は戻らない。ソフィアさんが精霊の力を使って浄化を試みるけど、魔の力には勝てず、力を使い果たして消えかけてしまう。

ソフィアさんを救うためには、ミアちゃんの土の聖女の力が要る。魔の影響で荒廃したゲーマまで大急ぎで迎えに行き、水の聖女の力と土の聖女の力、そしてユリアさんの花の精霊の力を合わせて、何とかソフィアさんの消滅を回避する事ができた。

それから、ソフィアさんは新しい女王となったユリアさんと花の国にしばらく残り、私たちはミアちゃんをゲーマに送り届けることにした。その途中でさまざまな村に寄り、ソフィアさんを助けた時と同様に魔の力を浄化していった。

ゲーマに到着すると、イナリがお城の中に魔の力の残滓《ざんし》を感じると言う。見に行くと、魔剣が封印されていたと思われる祭壇に、火の神のシンボルが描かれているのを見つけた。つまりこの魔剣の封印には、火の聖女がかかわっているということだ。

火の聖女に会えば、魔の力について何かわかるかもしれない。

ミアちゃんから、火の聖女は火の国アトロパテに居ると教えてもらったので、私とイナリとコリンの三人で、早速向かうことにしたのだった。

第一章　火の聖女を探して

鉄の国ゲーマでミアちゃんとお別れの食事を済ませた私たち三人は南に向かい、海の国タリアナとの国境の街にやってきた。

火の国アトロパテは、ゲーマから見て南東にある。陸から行くと遠回りになって時間が掛かるので、三方向を海に囲まれたタリアナで船に乗り、海路で向かう方が良いそうだ。

「あ！　あの門がきっと国境よね」

街の中を南に向かって歩いていると大きな門が見えてきた。国境上にあるこの街は、厳密に言うとタリアナの国内となる。だけど、ゲーマが大変な状態のため、北側――ゲーマ側の門は出入りが自由で、南側――タリアナ側の門だけで入出国の確認を行っているらしい。とはいえ、確認時はゲーマ側の騎士も立ち会うそうだが。

街の南へ向かっていると、街中なので子狐の姿になっているイナリが念話で話しかけてきた。

『アニエス。先程別れたはずの土の聖女が来ているぞ』

「ミアちゃんが？　どうしたんだろ？」

『だが、もう一人いるな。一緒に行動しているが、我々を追って来たのか、別の用事で来たのかまではわからぬ』

「何かあったのかな？　それともミアちゃんの別のお仕事かな？　ちょっとだけその辺で待ってみようか」

追って来ているなら待った方がいいけど、私たちに用事がないようだったら邪魔しては悪い。とりあえず近くにあったベンチに座っていると、二人が急ぎ足でやってきて、私たちに気づかず通り過ぎて……慌てて戻ってきた。

「お姉さん！　やっと見つけたー！」

「ミアちゃん。一体どうしたの？」

「あー、えっとね、この人がお姉さんにお願いがあるんだって」

そう言って、ミアちゃんが後ろに居る人に目を向け……あれ？　フリーデさんだ。

「アニエス殿。お久しぶりです」

イナリの言っていたミアちゃんと一緒に居る人というのは、ゲーマの近衛騎士団長の女性、フリーデさんだった。こんなところで何をしているのだろう。

「フリーデさん、お久しぶりです。あの、どうしてこんなところに？」

「アニエス殿がご存じかどうかは分かりませんが、帝都ベーリンが壊滅し、このあたりへ帝都の機能を移したのですよ。そこでミア殿に会い、アニエス殿が近くに居ると聞いたので、ぜひともお会いしたいとお願いした次第で」

「帝都は……見てきましたが、大変な状態でしたね」

「えぇ。新種の魔物に我ら騎士団は全く歯が立たず、非常に悔しい想いをいたしました。ですが、国を守る我々が犬死にする訳にもいかず、涙を呑んで撤退したのです」

そうだよね。街の人も大変だけど、その街の人たちを守る騎士さんたちも大変だよね……

と考えていたら、いきなりフリーデさんに手を握られる。

「アニエス殿！　お願いだ！　あの太陽の国イスパナの窮地を救ったように、我が国の窮地も救っていただけないだろうか」

「待って！　フリーデさんの気持ちは分かるけど、私は手伝っただけで、イスパナはあくまでも太陽の聖女ビアンカさんの力で復興したんですよ。私が復興のために動いた訳じゃないんですってば」

「しかしイスパナでの活躍については、以前お話しいただいたではないですか」

「あの時も、ファイアー・ドレイクを封じた話はしたけど、その後の復興についてはイスパナに任せたって言ったはずですよっ！」

以前ゲーマのお城に呼ばれて、水の聖女としてイスパナで行った事を話したけど、今もあの時も誇張なんてしていなくて、本当に私たちがした事だけを話したからね。

「フリーデさん。お姉さんが困っているから、離してあげてー。ゲーマの復興は、土の聖女であるこのミアが頑張るから。お姉さんは、あの新種の魔物が現れた元凶を何とかしようと頑張ってくれているんだから。ゲーマの事だけでなく、世界を救おうとしているんだよー」

あの、ミアちゃん。世界を救うだなんて、流石に話が大き過ぎるんだけど。私は魔の力を何とかしたいだけなのよ？

「ちょ、ちょっと待って。いくらなんでも世界を救うっていうのは大袈裟よ」

「いや、魔物の狂暴化は、世界中が混沌に陥る可能性のある大変な事態だと思っています。決して大袈裟な話ではない。そうか……私はゲーマの事にしか目が向いていなかったが、アニエス殿はもっと大きな視点で動いていたのだな」

フリーデさんまでっ⁉　いやまぁ確かに魔の力を放っておいたら大変な事になるけどさ。

「わかりました。私はゲーマの事で手一杯なので、せめて出国に関する手続きには私が立ち会いましょう。今は魔物の凶悪化によって非常に時間が掛かりますが、多少は早く終わらせる事ができるはずです」

「それは助かります！　ありがとうございます」

「いや、むしろ礼を言うのは私の方です。こうして頼む事しかできずに申し訳ないのだが、どうか世界をよろしくお願いします」

そう言って深々と頭を下げたフリーデさんが諸々の手続きを済ませてくれて、なんとか無事に国境の街を出る事に。

「では、道中気をつけて」

「お姉さーん！　ありがとねー！　ミアも頑張るから、頑張ってねー！」

フリーデさんとミアちゃんに見送られながらしばらく歩き、国境の街が見えなくなったところで、イナリが本来の姿へ戻る。

「ふぅ。ようやく元の姿に戻れたか」

「ごめんね。街を出る……国境を越えるのに、あんなに時間が掛かるとは思わなくて」

「ゲーマへ入国する時はすぐだったのに、フリーデさんがボクたちの身分を保証してくれても、結構時間が掛かったもんね」

コリンも疲れた様子だけど、こんなに大変だったのは、やっぱり魔の力で魔物が強くなっちゃったからなんだろうな。

「ところでアニエス。ここから港町まで移動するそうだが、今回は馬車に乗らないのか？」

「えっとね。さっき手続きを待っている間にフリーデさんから教えてもらったんだけど、このタリアナっていう国は、川がすごく多いんだって。だから海へ向かって行くなら、乗合馬車の代わりに、乗合舟っていう小さな舟を使って川を下り、港まで行った方が早いんですって」

ゲーマが鉄の国と呼ばれるみたいに、このタリアナは海の国と呼ばれている。

南北に細長く伸びる半島で、近海で魚を獲ったりするための小さな港はそこら中にある。けど、海を渡ってアトロパテへ行くには、最南端にある大きな港から船に乗る必要があるのだとか。

「ほう、小舟か。海を渡る大きな船も、川を下る小さな舟も、我はどちらも乗った事がないな」

「ボクも船は乗った事がないから楽しみー！」

ふふ……コリンは素直に船が楽しみだって言っているけど、イナリも声が嬉しそう。いつも馬車に乗るとご機嫌だから、きっと船でもそうなんだろうな。

馬車の中で、嬉しそうに尻尾を振る子狐の姿のイナリを思い出しつつ、しばらく進む。

途中で草木を見てみたけれど、タリアナはゲーマやネダーランのように、魔の力の影響は受けていないみたいね。

道中で現れるのも普通の魔物ばかりなので、コリンが弓を構える前に、イナリが倒してしまう。

「え!? イナリ、もう倒しちゃったの!? ボク、まだ何もしていないんだけど」

「すまん。コリンは弓矢の練習をしていたのだったな」

次こそはと、新たに魔物が現れた際には、一体をコリンが弓矢で倒し、残りをイナリが倒すという戦い方に。……うん。ゲーマでも、魔の影響がある前はこんな感じだったわね。

早くゲーマを元の状態に戻してあげたいと思いながら進んで行くと、村が見えてきた。

「よし。早速、小舟に乗るのだな？」

「えぇ、そうね。お昼は国境の街で済ませたし、南に向かって移動しましょう」

小さな村で身分証の確認もないため、イナリもそのままの姿で村へ入り、村人に道を尋ねながら乗合舟の乗り場へ。

「すみません。三名で南に行きたいのですが」

「この時間だと、行けるのはロベレトの街までかな。その先にも川が続くんだけど、夜は運航していないから、そこで一泊して翌朝また利用しておくれ」

「わかりました。お幾らですか？」

「三名でロベレトまでなら、千五百リーレだよ」

……ん？ 千五百リーレ？ リーレって何だろ？

「あの、リーレって、金貨に換算するとお幾らくらいですか？」

「金貨？　んー、よその国のお金かい？　すまないけど、こんな小さな村じゃ他の国のお金は使えなくてね。どこかで両替してから来てくれないかい」

「えっと、その両替はどこでできるのでしょうか？」

「そうだねー。それなりに大きな街じゃないと無理じゃないかねー？」

これはつまり、タリアナの村ではフランセーズの硬貨が使えないって事？

という事は……私たちは今、この村では無一文同然なのっ!?

「どうしよう。大きな街に着くまで買い物ができないのは困ったわね」

「ふむ……泊まる場所がないという事か」

「そうね。あと、乗合舟に乗れないから移動もできないのよね」

幸い、食材は国境の街で買っておいたから問題ないけど、移動できないのは困った。

イナリに乗せてもらって走ってもらえば良いのかもしれないけど、その手段はあまり取りたくなかったりする。というのも、海の国タリアナは魔の力の影響をそれほど受けていないので、普通に人が旅をしている。ネダーランやゲーマと比べて、格段に目撃されやすい。

妖狐としてのイナリを目撃されて、変な噂とかになってしまったら面倒な事になるからね。

「んー、あんまり時間がないけど、冒険者ギルドでお仕事をして、タリアナの貨幣を稼ぐか、何か売れそうな物があったら、買い取ってもらう……とかかな」

「むっ!?　ドラゴンの肉は売ってほしくないな。あれはぜひ、アニエスに調理してもらって食したいのだが」

「お肉は流石に売らないわよ。イナリがたくさん食べるのは知っているし……そうだ！　ドラゴンの鱗とか骨はどうかな？　どれくらいの価値があるかは分からないけど、冒険者ギルドで魔物を倒して得られる素材を買い取ってくれるって聞いた事があるし」

「鱗や骨は構わぬぞ。我はそんな部位は食べないからな。そういった物も異空間収納で纏《まと》めて収納しているはずだから、おそらく出て来るであろう」

タリアナの貨幣を稼ぐ方法について話がまとまったので、道を聞きながら冒険者ギルドへ。

「すみませーん。魔物の素材の買い取りってしてもらえますかー？」

「大丈夫ですよー。どんな物でしょうか？」

「イナリ。出してくれる？」

イナリにお願いすると、まずは蒼く輝く大きな半透明の何かを出してくれた。

「これは……何かの鱗のように見えますが、ずいぶんと大きいですね。それに非常に硬いですが、一体何でしょうか？」

「うむ。ブルードラゴンの鱗だ」

「ぶっ！　ブルードラゴン⁉　ま、待ってください！　えっと冒険者カードによると、アニエスさんはB級冒険者ですよね⁉　ブルードラゴンはS級の魔物なので、倒せないと思うのですが」

冒険者ギルドのお姉さんが、イナリの出した鱗を見て目を丸くしているけど、よく考えたらドラゴンの鱗ってすごい素材よね。イナリと一緒に居ると、ドラゴンをすぐ倒して来るから軽く感じちゃったけど、普通はこういうリアクションになるわよね。

「何を言う。ドラゴンごとき数秒あれば十分だ。我の……」

「ち、違うんです！　えっと、偶然ドラゴンの巣跡を見つけて、そこでドラゴンの鱗を一つだけ見つけて拾ったんですよ！」

「アニエスは何を言っておるのだ？　確かに倒した後に拾ったという意味ではその通りだが……」

「イナリは、ちょーっと黙っていてね」

イナリがドラゴンを倒せる事はよーく分かっているけど、普通の人はそう簡単に倒せないんだってば。

イナリに一歩下がってもらって、静かにするようにお願いしていると、お姉さんが口を開く。

「なるほど。ドラゴンの鱗を拾われたんですね。確かにそういう話は時々聞きます。しかし、そちらの方がドラゴンの鱗をお出しになられましたが、カバンなどもお持ちではないですし、一体どこから……」

「ふ、服です。高価な物なので、服の中に隠していたんですよ」

「……そ、そうですか。しかしながら、ドラゴンの鱗は大変貴重な物です。ここは冒険者ギルドの出張所ですので、このような高額な物は買い取りができないんですよ。すみませんが、街にあるギルドの支部で買い取りを依頼していただけますでしょうか」

そう言って、お姉さんが申し訳なさそうに頭を下げる。

あぁぁ、良い考えだと思ったのにっ！

イナリとコリンを連れて冒険者ギルドを出て、再びどうしようかと考え、別の売れそうな物を売る事に。

「魔物の素材の買い取りもダメとなると……これ、よね？」

「うーん。やっぱりお姉ちゃんに頼る事になっちゃうのかな」

「あまり時間を掛けられないしね。これがダメだったら、いよいよ冒険者ギルドで依頼を受けないといけないわね」

コリンとそんな話をしながら、いざ目的の建物へ。

「すみません。ポーションの買い取りは行っていますか？」

「はい。最近はポーションの材料が入荷しにくいので、大歓迎です」

という訳で、ソフィアさんに加入を勧められた薬師ギルドへやって来た。

ギルドには加入していないけど、ソフィアさんにポーション作りは認められているから大丈夫よね？

「では、お売りいただけるポーションを見せていただけますでしょうか」

「はい。えっと、上……じゃなくて中級ポーションを十個お願いします」

「畏《かしこ》まりました。では、ポーションの鑑定をさせていただきますね」

受付のお姉さんが、カウンターに置いたポーションに手をかざすと、その手が淡く光りだし、驚きの声を上げる。

「えぇっ!?　か、確認いたしましたが……すごいですね。いずれも品質が最上位のSランクですよっ!?」

「Sランク？」

「はい。同じ材料で作った、同じ等級のポーションでも、作り手によって品質が変わるんです。そのため鑑定魔法で調べさせていただいたのですが、これらはいずれも大変品質が良く、効果が安定しております。きっと何百回、いえ何千回とポーションを作られているんですよね？」

すごい。そんな事まで分かっちゃうんだ。

確かに、ソフィアさんに指導してもらいながら、たくさんポーションを作ったもんね。

ちょっと嬉しく思っていると、買取表と書かれた板が出てきた。

「それでは、Sランクの中級ポーションを十個ですので、一つ三千リーレ。合計三万リーレでいかがでしょうか」

「はい。それでお願いします」

いかにも知っていますって感じで応えたけど、実は三万リーレが妥当かどうか分からないんだけどね。

「それでは、薬師カードをご提示いただけますか？」

「えっと、私は冒険者として活動しているので、時折ポーションを作りますが、薬師ギルドには加盟していないんですよ」

「なっ……これ程の腕をお持ちなのに、当ギルドへ加入いただいていないのですかっ!?　それは本当にもったいないですよっ！　貴女が薬師になればA級以上となるのは確実です！　それに、薬師ギルドに加入していないと、ポーションの買取価格が一割下がってしまう規則がありますし、この機会にぜひ加入されませんか⁉」

お姉さんがグイグイくるけど、ソフィアさん曰く、薬師ギルドに加入したら一定期間内に定められた量のポーションを作らないといけないらしいし、新しいポーションの研究もしないといけないらしい。

流石に今の状態でそんな事はできないので丁重に断り、一割引かれた二万七千リーレを得る事ができた。

とりあえず次の街までの運賃は確保したので、早速小舟の乗り場へ戻る。

「すみません。三人でロベルトの街までお願いします」

「はいはい。三名で千五百……確かに。じゃあ、早速乗っておくれ。出発するよ」

頑張って詰めたら十人座れるかな？　という小さな舟に私たち三人が乗ると、船頭さんが長い棒で川底を突き、舟を進める。

「お姉ちゃん！　進んだよー！」

「ほほう。思っていたより揺れぬのだな」

「見てみてー！　魚が泳いでる！」

初めての舟で上機嫌なコリンとイナリ、そして私を乗せて緩やかな水の流れと共に舟はスイスイ進み、陽が沈んで来た頃に大きな街へ到着した。

良かった。街ならフランセーズの金貨を両替する事もできるし、ここからは何の心配もなく、舟で移動できるわね。

ロベレトで一泊すると、早速両替して再び舟の上へ。

『舟は良いな。何というか、水の流れに沿って優雅に進んで行くではないか』

街では舟でも身分証の確認があるため、子狐姿になっているイナリが小舟の先端にちょこんと座り、嬉しそうに尻尾を振っている。その一方で、私とコリンは舟の中央の座席に座り、のんびりと流れて行く景色を見つめていると……

「んんっ⁉　お客さん！　ちょっと座席にしっかり掴まっていてくれんかね。前に魔物が居るから、方向を変えるんでね」

後ろで舵を取っている船頭さんが慌てだした。

「イナリ、こっちへ来て！　前に魔物が居るから舟の向きを変えるって！」

『ふむ。アレか……せっかくの憩いのひと時を邪魔するとは、許せぬな』

「イナリ！　それより早く……って、イナリっ⁉」

子狐姿なので念話で言葉を返していたイナリが、小さな飛沫《しぶき》と共に川に落ちたっ！

慌てて立ち上がると舟が大きく揺れてしまい、立っていられない。だけど、川に落ちたイナリを探さなきゃっ！

『む？　アニエスよ。どうしたのだ？』

「イナリが川に落ちちゃったのよ！　……って、イナリ。何してるの？」

『うむ。邪魔な魔物を倒してきたのだ。中々食べ応えがありそうな魚ではないか』

イナリが大きな……舟から思いっきりはみ出た魚を咥《くわ》えて戻って来ていた。

よく考えたら、イナリが川に落ちる訳がないよね。そう気づいたところで、大きな魚がピチピチ跳ねだして、舟が先程よりも大きく揺れるっ！

「イナリ！　それ、何とかしてっ！」

『ふむ。少々獲物が大き過ぎたか』

そう言って、イナリが魚を異空間収納に格納すると、次第に揺れが収まっていく。

「お、お客さん。今、その子狐が川の主って呼ばれる魚の魔物を咥《くわ》えていたように見えたんだけど……」

「気のせいですよっ！　こんなに小さくて可愛い魔物が、舟より大きな魚を捕まえてくる訳ないじゃないですかー」

「そ、そうだよな？　俺の気のせい……だよな。いつの間にか魔物もどこかへ行ってしまったみたいだし、真っ直ぐ進もうか。はは、ははは……」

船頭さんに、イナリが魔物を捕らえて闇魔法を使っているところまで見られてしまったけど、何とか誤魔化す事ができた……で、できたよね？

その後は、特に問題もなく順調に進み、タリアナ最南端の大きな港町へ到着した。

せっかくなので、この地ならではのご飯を食べようという話になり、海の幸がたくさん乗ったピザをいただいて、宿で一泊する。

その翌朝。宿で行き方を聞き、食料や水を購入して、いざ港へ。イナリは元の姿で歩いているけど、船に乗る前に身分証の確認があるから子狐の姿になってもらわないとね。

「イナリ。次は海を越えるから、大きな船に乗るんだって」

「ほぅ。それは楽しみだ。我も海を越えるのは久しぶりだからな」

「あれ？　イナリって、海を越えた事があるんだ」

「うむ。我は元々東の地で生まれておるからな」

そう言って、イナリは遠くを見つめる。

言われてみれば、イナリが人間の姿になった時って、東の国の服だもんね。

だけど東の国で生まれたイナリが、どうしてフランセーズに居たんだろ？　船に乗るのは初めてだって言っていたのに。

イナリとはそれなりに長い時間を一緒に過ごしているけど、まだまだ知らない事がたくさんあるんだよね。

とはいえ今はやるべき事を……って、喋っている間に港に着いたけど、船がものすごく大きい！

「すごいな。このように大きな船は初めて見るぞ」

「私もよ。やっぱり海を渡ろうと思うと、こんなに大きな船じゃないとダメなのね」

「ひゃー！　何だかすご過ぎて、訳が分からないよー！　どーやって乗るんだろー？」

三人で大きな船を見上げ、イナリにこそっと子狐の姿になってもらう。それから、アトロパテ行きのチケットを買うため、チケット売り場へ。

「では身分証を提示していただけますか？」

「はい。こちらです」

「ありがとうございます。確認を……あれ？　この冒険者カードはB級のもので、フランセーズの国で発行されていますね。これだと、この国までしか行けませんよ？」

「あっ！　そうだった！　忘れてたーっ！」

チケット売り場の女性に言われて、B級冒険者カードでは発行された国の隣国までしか行けない事を、ようやく思い出した。

でも、どうしよう。火の聖女に魔剣を封印してもらうため、アトロパテへ行かなければならないのに、船に乗せてもらえないなんて。

「あの……今はB級冒険者ですけど、A級だったら船に乗れるんですよね？」

「そうですね。ただ……B級からA級へ上がるには、最短でも三か月近く掛かると思いますけど」

三か月!?　残念ながら、あまり悠長にしていられる旅でもないので、残された手段は薬師として登録する事……かな？　途中の街の薬師ギルドさんでは、A級薬師になれるだろうって言ってくれたし、そうすれば船に乗せてもらえて、アトロパテへ行く事ができる。

だけど、ポーションを作るのはまだしも、薬師になったら新たな薬の研究をしなくちゃいけないってソフィアさんが言っていたんだよね。

各国を巡りながら、新薬の研究なんてできないし。そもそもやり方も分からないんだけど。

「お客さん。かなり困っているみたいですけど、そんなにアトロパテへ行きたいんですか？」

「はい。どうしても行かなければならない用事がありまして」

「うーん。実は悪い事をしていて、海外へ逃げる……とかじゃないですよね？」

「違いますよっ！　その……アトロパテに居る、ある方に会いに行かないといけなくて」

チケット売り場の女性が話しかけてきたので、少し濁しながら事情を話すと、私とコリン、子狐の姿のイナリを見ながらものすごく悩み始めた。

よく分からないけど、B級冒険者でも船に乗れる方法があるんだったら、ぜひ教えてほしいな。

そう思いながら、チケット売り場の方の言葉を待っていると、予想外の話が出てきた。

「……お客さん。昨日、舟で川を下ってこの街に着いたばかりですよね？」

「は、はい。そうですけど？」

「その途中で、川の主っていう魔物から、舟を救い……ました？」

「えーっと、そう……ですね。正確には私じゃなくて、イナリ――このシルバー・フォックスの子が、ですけど」

「お父さんから聞いた通りかぁ。嘘も吐いてなさそうだけど……うーん」

「あ！　もしかして、あの船頭のオジサンの娘さんなんですか？」

「えぇ。川の主に出食わすと、最悪舟が壊されてしまうこともありまして、長年あのお仕事をしている人たちが困っていたんですよ」

そうなんだ。結果としてイナリは良い事をしたんだけど、誤魔化したつもりが、誤魔化せてなかったのね。

「それで……ですね。人を運ぶ客船ではなくて、荷物を運ぶ運搬船の船主が、冒険者ギルドに護衛の依頼を出しているんですよ。離れた国へ行くので普通はA級冒険者じゃないと請けられないんですけど、A級冒険者には割に合わないお仕事なので、特例で指名依頼ならB級冒険者でも許可が出るっていう依頼で」

「も、もしかして、そのお仕事に指名依頼を出していただけるとか⁉」

「えぇ。父の恩人ですし、川の主を倒せるくらいなら海の魔物から船を護ってくれるのではないかと思いまして」

「倒せます！　このイナリは、見た目は小さいですけど実はすごくて、こっちのコリンも、弓矢が使えますから！」

「わかりました。では、お昼休みまで待ってもらって良いですか？　一緒に冒険者ギルドへ行って、指名依頼として船の護衛依頼を請けてもらいましょう」

やった！　イナリのおかげで、何とかアトロパテへ行けるみたい！

怪我の功名って言うのかな？　今となっては、誤魔化し方が下手で良かったかも！

「ただ、客船ではなくて運搬船ですので、乗り心地は決して良くはないですし、あくまで護衛ですからね？　海と空から魔物が来る事がありますけど……大丈夫ですか？」

「えぇ、任せてっ！　絶対に船を守ってみせるから！」

「空の魔物はボクに任せてっ！　絶対に射貫いてみせるよっ！」

コリンも弓矢をアピールしてくれて、船の護衛の仕事を請ける事に。

ただ、日差しがすごくキツいらしいので、待っている間に私とコリンの帽子や外套《がいとう》を購入する。

同じくイナリにも買うって言ったんだけど……

『我にそのような物は不要だ』

子狐の姿のままでプイッと顔を背けられ、断固拒否されてしまった。

チケット売り場の女性は、絶対に帽子や長袖の服が要るって言っているんだけど、イナリがそう言う以上仕方がない。

早めにお昼ご飯を済ませ、頃合いを見てチケット売り場へ。

「お待たせしました。では、行きましょうか」

チケット売り場の女性と共に冒険者ギルドへ移動すると、早速ギルドの職員と話を進めてくれる。

私たちは、邪魔にならないように少し離れて待っていると、唐突に声がかかった。

「すみません。そちらの青髪でB級冒険者のテイマーの方……」

「あ、私ですかね？　アニエスって言います」

「アニエスさん、よろしくお願いいたします。こちらの女性から指名依頼で運搬船の護衛を請けていただくのですが、本来はA級相当の依頼ですので、これまでの依頼の状況を拝見させていただきたいのですが、よろしいでしょうか？」

「はい。どうぞ」

「では、冒険者カードをお借りいたしますね」

カードをギルド職員の女性に渡すと、鉄板みたいなものに載せ、ジッと見つめている。

よく分からないけど、ソフィアさんの家みたいに、マジックアイテムを使っているのだろう。

「アニエスさんはフランセーズで短期間の内にB級まで昇格されていますが……ポーション作りが

メインで、護衛の依頼は初めてですね？」

そう言って、職員の女性が私やコリン、イナリの事を値踏みするかのように見てきた。

この女性のお仕事なので仕方ないんだろうけど、ちょっとヤダなぁ。

「護衛としての依頼は請けた事がありませんが、魔物と戦った事は何度かありますよ？」

「冒険者として活動していれば、魔物と戦う事は当然あるかと思いますが、A級以上の魔物を倒したという証明はできますか？」

「証明……って言われると難しいですね。魔物を討伐する依頼は一度しか請けた事がないですし」

「通称、川の主と呼ばれる魚の魔物、ブラッディ・ガーを倒したとお聞きしておりますが、あれはB級の魔物ですし、今回のご依頼を請けるには実績不足かと」

えぇぇぇっ!? それはすごく困るんだけど、でも魔物を倒した証明なんてできない。

これまで魔物とはたくさん戦ってきたんだけどな。

「あっ！　証明できるかも！　ちょっと待っていてくださいね」

イナリとコリンを呼び、職員さんに背を向け、しゃがみこんでひそひそと小声で話す。

「イナリ。かなり前の話になるけど、ゲーマのお城の前で倒したウインドドラゴンの骨って出せる？　ほら、私が初めて土魔法を使った時の話」

『あぁ、あの我が楽しみにしていた肉が干からびてしまった時の事だな。あの時は悲しかった……』

「悲しんでないで、あのドラゴンの骨を少しだけ出せないかな？　コリンのポケットから出てきた感じで」

ゲーマの王城が崩壊する前、ミアちゃんにお願いされて、ドワーフの村の聖石を探すため、一緒に夜のお城へ行ったら、ウインドドラゴンが現れたのよね。

あの時は私一人で戦わなきゃっ！　って必死で、ドラゴンを氷魔法で気絶させた後に、土魔法で骨だけの姿にしたんだけど、それが水を吸い取って干からびさせる魔法だって知らなくて……うん。怖過ぎるから、極力使いたくない魔法よね。

その巨大なドラゴンの骨を丸ごとイナリの異空間収納に格納してもらったけど、少しだけ出せると証明に使えそうなんだけどな。

『ふむ。尻尾の骨の先端だけなら出せそうだ』

「じゃあ、イナリが小さな骨を出したら、コリンがポケットから出す感じで……」

「オッケー！　わかったー！」

イナリとコリンにお願いし、まずは小さな骨をイナリが出す。

うん。ポケットに入りそうな良い感じのサイズね。

「お、お姉ちゃん。これ、だよね。えーっと……その、初めてドラゴンを倒したから、記念にって取っておいた骨」

「そ、そうそう。ウインドドラゴンを倒した記念に少しだけ取っておいたのよねー」

コリンと私でぎこちない演技をしながら、ドラゴンの骨の先端を職員さんに見せる。

「という訳で、以前にゲーマの国で倒したウインドドラゴンの骨です。ドラゴンなので、A級以上だと思うんですけど」

これで問題ないだろうと思っていたんだけど、職員さんがすごいジト目でこっちを見てきた。

「……あの、ドラゴンをB級冒険者が倒せる訳ないんですけど。それに、このドラゴンの骨が本物かどうか、本当にアニエスさんが倒したのかも、鑑定魔法を使えばすぐに分かってしまいますよ？」

「へぇー、鑑定魔法ってそんな事まで分かるんですね。では、早速お願いします」

「あの、鑑定魔法を使うので偽証はできませんよ？　今ならまだ訂正を受け付けます。ですが、虚偽の申告をしていると証明されてしまったら、冒険者カードの剥奪になりますよ!?　ほ、本当に良いんですか!?」

「はい、大丈夫です」

職員さんが困惑しながら、「せっかく忠告してあげたのに……」と、小さく呟いた後、手が淡く光りだす。

「えっと、S級のウインドドラゴンの骨……は本物ですね。次は倒した方の魔力と、アニエスさんの冒険者カードに付いている魔力を比較して……ほら、一致しています。……え!?　一致!?　B級冒険者の方が、S級の……えぇっ!?　えぇぇぇっ!?」

「証拠として問題ないですよね？」

「し、失礼いたしましたっ！　あの、S級の魔物の討伐に成功すると、依頼に関係なく審査でA級冒険者やS級冒険者に昇格できるんですけど」

「え!?　そ、そうなんですか!?」

「はい。ただ、どこでどうやって、どのようにして倒したか……と、詳細にお話しいただき、面接を受ける必要もありますが」

うーん。A級冒険者になれば、どこの国でも身分証が有効になるので、今回みたいに他の国へ移動する時に困る事がなくなる。だけど、ゲーマの街の中でドラゴンに遭遇した事とか、そのドラゴンを一撃で倒せる土魔法が使えるとかって話はしない方が良い気がする。

何より、水の聖女だって話すと、後々面倒な事になりそうだし、そもそも悠長にしている時間もないしね。

「ありがたいお話ですが、そんなに時間がある訳ではないので、また今度で良いです。とりあえず、今回の依頼は請けられますよね？」

「は、はいっ！　もちろんですっ！」

いろいろあったけど、今度こそアトロパテへ行けそうね。

「では、アニエスさんたち、よろしくお願いいたします」

「こちらこそ、よろしくお願いいたします」

「では……出航する！」

船長さんから挨拶された後、たくさんの荷物と十数人の船乗りの男性たち、そして私たちを乗せて、アトロパテへ向けて運搬船が出発した。

ゆっくりと港が——陸が離れていく。この港町へ来た時のような川を下る舟とは違い、沖へ出たらしばらく陸に戻る手段はないだろう。

『うむ。このように大きな船はワクワクするな』

ドキドキとワクワクの両方を抱きながら、徐々に小さくなっていく街を眺めていると、子狐姿のイナリも私と同じように陸地を眺めていた。

逆隣にはコリンが居て、船の進行方向へ目を向けている。

「お姉ちゃん。海って、ものすごく広いんだね！」

「そうね。フランセーズからタリアナまでもすごく距離があって、広い大地だったけど、この海はそれよりも遥かに広いんだって」

船長さんから聞いた話だと、丸一日海の上を移動する事になるらしい。もちろん食堂やトイレ、寝室も備えていて、私たちも使えるそうだ。

しばらく三人でたそがれていると、船乗りさんが呼びに来た。

「アニエスさん。護衛の打ち合わせをしたいそうなので、食堂までお願いします」

「わかりました。えっと、あの扉から行くんですよね？」

「はい。扉の先がすぐ階段ですので、下に降りていただければ食堂です」

了解の旨を伝えると、イナリを抱きかかえ、コリンと共に食堂へ。

広いけど窓も何もない、机とイスだけの部屋に入ると、五人の男性が居た。その内の一人は副船長で、さっき船長さんから挨拶された時に一緒に居た人だ。

「アニエスさん。こちらが今回一緒に護衛の依頼を請けていただいた方々です。そしてこちらがリーダーのメルクリオさんです。何度もこの依頼を請けていただいているベテランさんですよ」

「アニエスです。こちらはコリンで、この子はイナリです。よろしくお願いします」

「メルクリオだ。……女子供に子狐のパーティだが、大丈夫なのか？」

紹介されたばかりのメルクリオさんがジロジロと私たちを見てくるけど……筋肉隆々で日に焼けているメルクリオさんたち一行と比べると、不安に思われるのも仕方ないか。

「私たちは魔法や弓矢を使うので、力仕事は難しいですが、護衛は任せてください」

「まぁそういう事なら……」

「あ、でも正直言って、こんなに大きな船の護衛というのは初めてなんです。ですから、ポイントというか注意点を教えていただけると助かります」

それからしばらく打ち合わせ……というか、船の護衛について、やるべき事とか注意点を教えてもらった。

海の魔物は前方から来る事が多いという。なので船の前方は経験のあるメルクリオさんたちに任せ、私たちは比較的安全な後方を担当する。とはいえ、空から来る魔物については運搬船の特性上、航行速度が遅いため、どこからでも来るらしいけど。

確かに、船より空を飛ぶ鳥の方が速そうだもんね。

「じゃあ、そういう訳でよろしく頼む。夜は見張りを立てて交代で休む事になるが、そのあたりはまた夕食の時にでも」

「わかりました。いろいろと教えてくれて、ありがとうございます」

「ん、あぁ。気にしないでくれ」

何故か変な様子のメルクリオさんが、持ち場に就くために食堂から出て行くと、副船長さんがポロッと呟く。

「あー。メルクリオさん、大丈夫かな」

「最後、少し様子が変でしたもんね」

「あぁ。普段はちゃんとしてる人なんだけど……あの人、可愛い女性に弱いので」

「そうなんですか？　……ん、あれ？　この部屋に女性って、私しか居ませんよ？」

「いえ、つまりはそういう事なんですが、アニエスさんは悪くないですから、気になさらないでください。まぁ前方と後方で離れていますし、大丈夫でしょう。……たぶん」

強面な感じだったけど、可愛い女性に弱くて、私しか居なくて、そういう事って……えぇぇっ!?ど、どうしよう。男性から可愛いとか言われてしまった。可愛いと言えばイナリの子狐姿やコリンの代名詞で、今までその言葉が私に向けられる事なんて一度もなかったもん。

「ど、どうしよう。イナリ。か、可愛いだって」

『……事実その通りなのだから、言葉の通り受け取って良いのではないか？』

「えー、そんなにあっさり言われても……って、あれ？　ちょっと、イナリ？」

『アニエス。我らは船の護衛なのであろう？　すでに船は動いておる。行くぞ』

そう言って、子狐姿のイナリが食堂を出て行こうとするんだけど……事実その通りって事は、イナリも実は私の事を可愛いって思っているって事なの!?

ひゃ、ひゃぁぁぁっ！

いつも一緒に過ごしているイナリから普段言われ慣れない事をサラッと言われたからか、顔がものすごく熱い。

「お姉ちゃん。大丈夫？　顔が真っ赤だよ？」

「え⁉　えぇ、だ、大丈夫よ」

「ほ、ホントに？　イナリー！　ちょっと待ってー！　お姉ちゃんの様子が変だよー！」

ちょっとコリン！　私の顔が熱くなっている原因のイナリを呼び戻しちゃダメよっ！

あぁぁ、イナリが戻って来たーっ！

『む？　まったく……アニエスよ。何を浮かれているかは知らんが、先程言った通り我らにはやるべき事があるのだ。しっかり気を引き締めるのだ』

「そ、そんな事言ったって、イナリが可愛いなんて言うから……」

『……何を言っておるのだ？　我はそんな事を言っておらぬぞ？』

「でも、私が可愛いって言われた時、事実その通りだって」

『……？　――っ⁉　こ、こほん。い、いいから戻るぞっ！』

あー、イナリが怒って駆けて行ってしまった。イナリの言う通り、お仕事として護衛の依頼を請けている訳だし、やるべき事はしっかりやらないとね。

「……よし！　私はもう大丈夫だから……コリン、行こっか」

「うん。だけど、本当に大丈夫なの？」

「えぇ、もちろん！」

イナリを追って、コリンと共に甲板へ出ると、メルクリオさんに言われた通りの配置へ移動する。

私たちは、この船の後方で、周囲の海と空を見渡すのがお仕事だ。もし魔物を見つけたら、荷物を守るため、できるだけ近づけずに倒す。

その時に重要なのが、船の端に近寄り過ぎない事らしい。というのも、この船は客船ではなく荷物の運搬船なので、海への落下防止用の柵があまり高くない。万が一海に落ちてしまったら、水中での戦闘はものすごく危険だからだそうだ。魔物は海の生き物だから呼吸ができるけど、私たちは水中では息ができないもんね。

なので、無理はし過ぎずにイナリは魔法、コリンは弓矢で攻撃する。

「……って、私はどうしよう。海に居る相手に水魔法を使っても仕方がないし、雷魔法と土魔法は接近しないと使えない。唯一できるのが氷魔法だけど……水中の魔物に効くのかな？　イナリ、どう思う？」

『……わ、我に聞くでない』

「え？　どうして？　いつもはすぐにアドバイスをくれるのに？」

何故かイナリが私と目を合わせてくれない。顔を覗き込もうとすると、スッと身体の向きを変えられてしまう。

えぇー、もしかしてさっき私が浮かれていた事を怒っているのかな？　それとも、これくらいは自分で考えろっていう事なの？

とりあえず、魔物が現れたら実際にやってみるけど……できれば、そもそも魔物が現れてほしくないかな。

このまま平穏無事にアトロパテへ。……えぇ、できればそうなってほしいと願っていたんだけど、現実は厳しいみたい。

遠くに何羽かの鳥が見えて、最初はカモメみたいな海鳥かな？　って思っていたんだけど、大きさが全然違って、あからさまに私たちを狙っているのよね。

という訳で、後方上空から迫って来る大きな鳥に、コリンが矢を放つ。

「えぃっ！　……え⁉　よ、避けられちゃった！」

あの大きな身体でどうやったら？　って思うくらいにスッと矢を避け、何事もなかったかのように飛んでいる。その上、最初は数羽しかいなかったのに、どこからともなく集まってきて、結構数が多い。

どうやら同じ鳥が前方にも居るみたいだから、後方は私たちが何とかしなきゃ。

「い、いくわよ！　コリンアターック！　あぁっ！　これも避けるの⁉」

氷魔法を使って、コリンの氷像を大きな鳥の頭上に生み出したんだけど、一体どうやっているのか、いとも簡単に避けられてしまった。

なので、そのコリンの氷像がそのまま海へ落下し、プカプカと浮いている。

「お姉ちゃん。あの氷像って、自然には溶けない氷像だよねっ⁉」

「だ、大丈夫よ。う、海は広いし……」

「まったく……ほれ、溶かしておいたぞ」

イナリが呆れながら黒い炎を生み出し、海に浮かぶコリンの氷像を溶かしてくれた。

私が使える氷魔法って、見た事があるものを氷で具現化するだけだから、こういう戦いでは使い勝手が悪いのよね。

そんな事を考えていると、イナリの魔法で大きな鳥たちが真っ黒に焦げ、次々と海へ落下していく。

「イナリ、すごーい！」

「アニエスもコリンも、相手の動きを読むのだ。もしくは、こちらの動きを読ませないようにするかだな。当然ながらこちらが攻撃しようとしたら、何かしらの対応をするであろう」

「んー、動きを読ませないっていうのは、弓矢だと無理かなー。ボクは、鳥の動きを予想できるように頑張ってみるよー」

戦闘中で周囲に誰もいないからか、イナリが念話ではなく、普通に喋ってアドバイスをくれる。

でも、コリンはイナリのアドバイスでピンと来たみたいなんだけど、私には正直難しいのよね。

相手の動きを読むって言われても、どう避けるかなんて分からないし……私は自分の動きを読ませないようにする方かな。

あれこれ考えている内にも、イナリが次々と鳥の魔物を焦がしていく。

「あまり旨そうでない鳥ばかり来るな。……ドラゴンなどは現れぬのか？」

「イナリ。そんな事言って、本当に来たらどうするのよっ！」

「もちろん倒してアニエスに調理してもらうに決まっておろう」

ええー。簡単に言うけど、ここは海の上なんだけどな。いつもイナリがドラゴンを倒しているところとは違って、足場がないとか風が強いとか、いろいろと制約があるんだけど。

「……と、そんな雑談からのソフィアさんアタック！　……あぁっ！　全然違うところに出現しちゃった！」

先程のイナリのアドバイスを受け、攻撃する素振りを一切見せずに魔法を使ったら、狙いが外れて……というか、見当違いの場所にソフィアさんの氷像を生み出してしまった。

結局、イナリが溜息交じりに氷像を溶かし、また別の鳥の魔物を倒す。

うーん。私も一体くらい倒しておきたいんだけど、魔物の行動を読むのは難しいし、攻撃しない振りっていうのは思いっきり失敗した。もっと私に向いた別の方法を……あの鳥さんが避けられない方法は何かないだろうか。

「……そうだっ！　これよっ！　ソフィアさん邸アタ－ック！」

鳥の魔物の頭上に、巨大なソフィアさんの家の形をした氷を生み出し……うん。避けようとしていたけど、大き過ぎて避けられず、そのまま海へ落下していった。

発想の転換の勝利！

そう思ったんだけど、巨大な氷が落下した衝撃で船が大きく揺れ、コリンが海に落ちかけてしまった。

うぅ……海で魔法を使うのって難しいのね。

――その頃の冒険者メルクリオ――


護衛の打ち合わせに行ったら、もう一つのパーティのリーダーが、可憐で可愛い美少女だった。

「はぁー。アニエスたん……可愛いなぁ」

「メルクリオ、またか。お前のいつもの悪い癖が出ているぞ」

「あぁん!?　何がだ!?」

「お前、めちゃくちゃデカい声でアニエスたんって言っていたからな？　それ、もう一つのパーティの人の名前だろ？」

いつの間にかパーティメンバーが近くにいて、呟きを聞かれてしまったが……そ、そんなに声がデカかったのか。しかし、恋してしまった以上は仕方がない。

俺は燃える炎の男！　心が燃えている時の方が強くなるのだから、良いじゃないか。

「メルクリオさん！　前方にキラー・シーグルの群れを発見！　かなりの数です！」

「チッ……面倒臭い魔物が現れたな。積み荷を守るぞ！　キラー・シーグルは素早い動きで、遠距離攻撃を避ける。引き付けて、近寄って来たところを攻撃しろ！」

アニエスたんの事を考えている時に見張りから連絡が入り、急いで陣形を組む。

しばらくすると、空に広がる灰色の塊が近づいて来て……囲まれるっ！

「全員盾を構えろ！　来るぞっ！」

それからしばらくC級のキラー・シーグルとの戦いになり、大きな被害はないものの、何とか残り僅かというところまで数を減らしたのだが……いくらなんでも減るのが早過ぎないか？

何故だ？　俺たちはまだそこまでの数を倒しては居ないはずなのだが。

「しまった！　後方に流れて行ったのか！　アニエスさんたちを見てくる！　すまんが、しばらく任せたぞ！」

キラー・シーグルは集団戦闘を得意とする奴らだ。後ろに二人と一匹しか居ないと分かれば、そちらへ戦力を集めるはず！　積み荷で後ろが見えないが……無事で居てくれっ！

そう思って走りだそうとしたところで、突然大きく船が揺れる。

「い、今のは何だっ⁉　今度は水中の魔物かっ⁉」

「いえ、そんな気配はありません！　何かしらの理由で大きな波が発生したのかと」

こんなに晴れていて、海も穏やかだから、大きな波が自然発生する訳がない。やはり、後方に新手の魔物が現れたと考えるべきだろう。急いでアニエスたんのところへ行かなければっ！

「アニエスさん！　大丈夫か⁉」

積み荷の森を抜け、後方へ到着すると……あれ？　戦っていない？

「……前方はだいたい倒したから助太刀に来たのだが、あれだけ大量のキラー・シーグルが居たのに、こっちにいないのは何故だ？」

「キラー・シーグルって、大きな鳥みたいな魔物ですか？　それなら、こっち側は全て倒しましたよ？」

「え⁉　こんなに早く⁉　……しかも、アニエスさんたちだけでなく、荷物も攻撃された気配が全くない⁉」

「はい。攻撃される前に全て倒したので……あ、前方へ支援に行った方が良いですか？」

「いや、前方もだいたいは倒し……こほん。すでに倒し終わっているから、大丈夫だ。はは……ははは」

海に目をやると、大量のキラー・シーグルの死骸が浮かんでいて、大半が黒く焦げている。

そうか。アニエスたんは魔法主体だって言っていたが、あの数を無傷で倒せるのか。

こ、これは相当強い魔法使いだぞ⁉

くっ……これでは、アニエスたんを助けるどころか、助けられてしまう！　とにかく残りのキラー・シーグルを倒さなければ。

大急ぎで前に戻ろうとして……確認すべき事を思い出し、慌てて足を止める。

「そうだ。何やら大きな魚の魔物が現れたみたいだが、大丈夫だったのか？　先程、すごく揺れたが」

「え？　だ、大丈夫ですよ。イナリもコリンも優秀ですから」

「そ、そうか。まぁキラー・シーグルの群れを無傷で倒すくらいだから、大丈夫なのだろうな」

「はい。ありがとうございます」

くっ……可愛い。強いのに可愛い。アニエスたん……笑顔が眩しいぜっ！

……って、早く戻らなければっ！　これまで以上に気合いを入れて魔物を倒し、一匹たりとも後ろには行かせるものかっ！

＊　＊　＊

昼の厳しい日差しが収まり、海が茜色に染まってくると、船員さんの一人がやって来た。

「アニエスさん。そろそろ夕食にしましょう。食事中の見張りは我々がやりますので、どうぞ休憩してください」

「ありがとうございます。イナリ、コリン、行こっ」

鳥の魔物の大群を倒した後は、幸い大きな襲撃はなかった。時折魚の魔物が寄ってきて、イナリに倒されるくらいだったけど、見張りをしなきゃいけないっていう緊張感からか、精神的に疲れたのよね。

定期的に神水を飲んでいたから、体力は大丈夫なんだけどさ。

「お姉ちゃん、見張りって大変なんだね」

「そうね。私もこんなに大変だなんて知らなかったわ」

「ボク、お姉ちゃんのお水がなかったら、途中で寝ちゃっていたかも」

あ、やっぱりコリンも気を張っていたんだね。あんまりゆっくりしていられる旅ではないけど、アトロパテに着いたら、ちょっとだけ休憩しようかな。

『ふむ。アニエスもコリンも、どうして疲れているのだ？　ただじっと待って、時々現れる魔物を倒すだけではないか』

「そうだけど、いつ現れるか分からないじゃない？」

『なるほど。だが、アニエスもコリンも、もっと自分の力を信じるのだ。慌てずとも、魔物が現れてからで対応は十分に間に合う。……このようにな』

そう言ってイナリが海に視線を移すと、海中に黒い炎が現れ、沈んでいく。海中の魔物は、こうしてイナリが倒してくれるんだけど、どうして水の中なのに燃えるんだろ？

『一つ言っておくが、我には探知魔法がある。理由はわからぬが、海の上には魔の力は及んでおらず、かなり広範囲まで探知する事ができるのだ』

「あ……そうなんだ。今までは魔の力の影響を受けていたけど、今は普通に使えるんだ」

『うむ。だからアニエスもコリンも、もっと楽にするが良い。魔物が来ても我が先手を打てるのだからな』

そっか。初めて請けた護衛の仕事だし、全力で見張りを……って思っていたけど、探知魔法が使えるイナリが必ず魔物を見つけてくれるのだから、無駄に疲れる必要はないんだ。

それより、夜も護衛をしなければならないのだから、休める時にしっかり休んでおかないともたないよね。

『その表情なら、もう大丈夫のようだな。それより、食事だ。きっと美味い海の幸が食べられるのであろう』

「そうだね。何と言っても海の上だし、キッチンとかもある船だもんね。ご飯はお魚かなー？　楽しみー！」

「お魚かぁー。お魚って、骨がいっぱいでちょっと苦手なんだよねー」

皆、意識を護衛から夕食にしっかり切り替え、食堂へ。

今晩の夕食は、パンにエビ……かな？　いろいろと挟んだものと、サラダにスープ。バランスの取れた食事が載ったトレイを受け取って、近くのテーブルに座ってご飯を食べ始めると、少ししてメルクリオさんがやってきた。

「アニエスた……こほん。アニエスさん。この後の、夜の護衛についてなんだが」

「はい。どうしましょうか？　時間で交代……ですよね？」

「普通はそうなんだが、女性と子供に夜の見張りをさせるのはどうかと思って、夜間は俺たちが引き受けさせてもらうよ」

「えっ!?　流石にそういう訳には……」

「いや、もう一つ理由があって、夜の海は危険なんだ。何かあった時、すぐ対応できるように、ベテランである我々が見張りをした方が良いだろうと、副船長とも話をしていてね」

「そ、そうですか……では、せめて魔物が現れたら、私たちにも声をかけてくださいね。もちろん戦いますので」

「わかった。昼のキラー・シーグルとの戦いは見事だったし、何かあれば声をかけさせてもらおう」

そう言って、メルクリオさんは私たちと同じテーブルでご飯を食べ始めた。

……あれ？　別のテーブルに座っているメルクリオさんのお仲間さんたちが、ものすごく驚いた表情でこっちを見ているけど、良いのかな？　リーダーであるメルクリオさんを待っているように思えるんだけど。

メルクリオさんに教えてあげた方が良いのかな？　……と思ったら、お仲間さんたちが何かを諦めたような表情になって、向こうでミーティングみたいなのを始めちゃった。

だ、大丈夫なのかな？


夕食を終えると、メルクリオさんたちの中から二人が甲板へ戻り、他の人たちはあてがわれた船室へ。夜は交代で見張りをするので、とにかく睡眠を取るのが大事なのだとか。

私たちは見張りを免除してもらったけど、何かあれば甲板へ出るつもりなので、寝られる時に寝ておこうと、部屋で就寝する事に。

「……って言っても夕食を食べた直後だし、寝られないよね。甲板でも散歩しようかな？」

「ふむ。今のところ、近くに魔物は存在しておらぬから、しばらくは安全といえば安全だが……何故か甲板へ出たところに、先程の男がずっといるな」

「先程の男……って、メルクリオさん？　もしかして、見張りの方からの連絡を受けて、皆にすぐに連絡できるように待機しているのかな？」

メルクリオさんも仮眠を取るって言っていたけど、何か気になる事があって甲板に出ているのかも。だったら、私が行って邪魔しない方が良いよね。

「そうだ！　せっかくだし、ポーションを作ろうかな。運動にはならないけど、万が一の時のために、ポーションはたくさんあった方が良いもんね」

航行速度の遅い運搬船だからか、それほど揺れないし、魔物が来ないというのも分かっている。使う機会がないに越したことはないけど、誰かが怪我をした時、使えるようにしておいた方が良いよね。

という訳で、イナリに異空間収納からポーションを作る器具や材料を出してもらい、どんどんポーションを作っていき……それなりの数を作ったところで、イナリが口を開く。

「アニエス。頑張っているところに悪いが、魔物が現れたぞ。まだ今は離れているが、確実にこっちを目指しておるな。どうする？　我だけで行ってきても構わぬが」

「イナリだけで行くと変に思われちゃうし、何より私だけ部屋で待っている訳にはいかないでしょ。一緒に行きましょう」

「お姉ちゃん。ボクも行くよー！」

イナリ曰く、一体しか居ないけど、大きくて魔力がやや強めの魔物が向かって来ているのだとか。

……ドラゴンとかだったら、どうしよう。

イナリが元の姿に戻ればドラゴンも倒してくれそうだけど、見張りの人やメルクリオさんや船員さんたちも居るので、できれば子狐の姿のままでお願いしたい。

とはいえ、そんな事を言っていられる状況になければ、元の姿に戻ってもらうけど。

「念のために聞くけど、向かって来ているのって、ドラゴンなの？」

『いや、違うな。ドラゴンであれば魔力の性質ですぐにわかる。移動速度から考えて、海中に居る水棲系の魔物であろう』

「という事は、私やコリンの攻撃は届かないのかな？」

『それは何とも言えぬな。我も、現時点ではどのような魔物かハッキリと分かっておらぬからな。ただ一つ言えるのは、本来の姿であれば瞬殺できる程度の奴だ。そう心配するでない』

まぁイナリが元の姿に戻れば、大半の魔物が倒せちゃうのは知っているけどね。

そんな事を話しながら甲板へ出ると、メルクリオさんが話しかけてきた。

「アニエスさん！　奇遇だね。夜の散歩かな？　俺も今、外の空気を吸おうと思って来たところなんだ」

「いえ散歩ではなくて、魔物が近づいているようです。前方からゆっくりと迫って来ています」

「前から？　いやいや、それなら見張りが気づいているはずだが？」

「いえ、どうやら海中に潜んでいるみたいで」

イナリとコリンと共に船の前方へ進むと、メルクリオさんもついて来る。

しばらく皆で前方を眺め……メルクリオさんが口を開く。

「アニエスさん。ほら、やはり何もいないだろう？　どうだろうか。今宵は月が綺麗だ。海から見る月というのも中々良い物だし、二人で月明かりの下で散歩でも……」

「メルクリオさん！　前っ！　前に変な黒い影が見えるッス！　海の中ッス！」

メルクリオさんの言葉を遮って、頭上から……見張りの方から、大きな声が聞こえて来た。

「何ぃっ⁉　あの大きさは……ヒュージ・オクトパスだっ！　アニエスさん、少し待っていてくれ。……全員起きろっ！　最悪の魔物だっ！」

船の前方、海の中に大きな影を確認し、メルクリオさんが慌てて船室へと続く階段に走って行った。今の言葉からすると、かなりマズい魔物らしい。

「では、アニエスよ。料理の準備を頼む」

「えぇ、任せて！　……ってイナリ。今、料理の準備って言った⁉」

「うむ。食べた事のない魔物だからな。東の国ではこやつの小さなものを食べるらしいし、きっと大丈夫であろう」

えぇ……本当に大丈夫なの？　メルクリオさんが言っていた名前からして、タコ……よね？　ウネウネしたのがいっぱいあるアレを食べるの⁉　……って、それよりまずは倒すのが先よね。

前方の大きな影が水上に姿を現し、月明かりの下に大きな丸い姿と、巨大な触手みたいなシルエットが浮かぶ。

どちらも、この船と同じくらいの大きさなんだけど……あ、少し燃えた。

「あの炎って……イナリよね？」

「その通りだ。それでだな……この魔物を倒すにあたり、アニエスには大変重要な役割を頼みたい」

「わ、わかったわ」

イナリが私に頼み事だなんて、一体何だろう。姿を見る前は、そこまで強い魔物ではないって言っていたけど、実はすごい魔物だったのかな？

　真剣な様子のイナリの言葉を待っていると、難しい説明が始まった。

「……という訳で、奴は目視ではなく、魔力を感知して動く魔物なのだ」

「な、なるほど？」

「我が囮《おとり》になる。アニエスは、合図をしたら氷魔法で奴を斬ってほしいのだ。では頼むっ！」

　魔力感知のところは全然理解できなかったけど、要は氷魔法であの触手みたいなのを斬るのね？

　説明を終えたイナリが、大きなタコの一部を黒い炎で燃やす。

　タコの魔物は水中へ逃げるように潜ったけど、説明で聞いた通りにイナリへ向かって触手が伸びてくる。

「アニエス、今だ！」

「うんっ！　壁アタークック！」

　イナリの合図に合わせ、事前の打ち合わせ通りに触手の上に氷の壁を生み出す。

　落ちてきた壁で触手がブツッと切れ、その直後に海の中で黒い炎が燃え上がる。

「よし、倒したぞ」

「そうなの？　触手をおびき出して、切っただけ……あ、さっきの触手が弱点とか？　いつの間にか、その触手がなくなっているけど」

「いや、あれは単にタコの足……か腕かは知らぬが、食べたかったからだ。流石にあのサイズは邪魔になるから、我が異空間収納にしまっただけだ」

「え？　じゃあ、魔物を倒したのは……」

「もちろん、我が海中の身体全体を燃やしたのだ。足を切り離しておかぬと、炭になってしまい、食べられないであろう？」

いやいや、あの巨大なタコの触手を食べるために囮《おとり》になって、氷魔法で切断させて……えぇー、イナリは何をしているのよ。というか、そうまでして魔物を食べなくても良いと思うんだけど。

「さっきの触手って、大きな吸盤とかがついていたけど、あんなのを食べるの？」

「もしかしたら旨いかもしれぬではないか。のぅ、コリン」

「うーん。ボク、普通サイズのタコなら食べた事があるけど、美味しかったよー！」

イナリが食いしん坊同盟のコリンを仲間に引き込み、タコを調理してほしいと訴えかけてくる。

いやいや、流石にタコなんて料理した事ないよ。

とりあえず焼けば良いのかな？　と、調理方法を考えていると、メルクリオさんが仲間と共に戻ってきた。

「アニエスさん！　ヒュージ・オクトパスは!?」

「それならもう倒しましたよ」

「いやいや、そんなバカな。海の悪魔と呼ばれるA級の魔物だぞ!?　いくら何でも、この短時間で倒すのは無理だ」

そう言って、メルクリオさんたちが武器を構えて周辺を見渡し始めたんだけど、上から……見張りの方から声がかかる。

「メルクリオさーん！　ヒュージ・オクトパスなら、そちらの女性が倒しましたよー！　上からですが、戦っている様子は見ましたー！　何か刃物？　みたいな物を生み出して、足を斬ったりしてましたー！」

「え!?　えぇぇぇっ!?」

刃物？　あ、氷の壁の事ね。暗いし、距離もあるし、上からだとハッキリ見えないか。

……という事は、イナリの黒い炎も見られてないし、イナリの声も聞かれていないよね。

という訳で、唖然《あぜん》とするメルクリオさんたち一行に声をかけ、船室に戻る事にしたんだけど、メルクリオさんたちは呆然としたまま動かない。

私たちは先に戻って良い……よね？

第二章　知名度のない火の聖女？

大きなタコの魔物を倒した後、イナリが確保した足？　を調理するという話になるかと思ったけど、夜だからか寝るようにと言ってくれた。

イナリは眠りながらでも魔物が来れば分かるそうなので、皆で眠り……何事もなく朝になっていた。

「あ！　あれ⁉　外が明るいけど、魔物は大丈夫だったの⁉」

「うむ。昨日のタコを倒したのが良かったのかもしれぬ。このあたりに棲《す》む魔物がこの船を警戒し、近づいて来なかったようだ」

「おはよー。ボク、ぐっすり眠っちゃったけど、お姉ちゃんとイナリは、夜に起きたりしたのー？」

まだ眠そうなコリンに、タコを倒した後は何もなかったと子狐姿のイナリが改めて告げ、皆で身支度を整える。

食堂へ行くと、メルクリオさんたちが眠そうに食事を取っていた。

「おはようございます」

「アニエスさん、おはよう！　昨日はありがとう。ヒュージ・オクトパスとの戦闘で疲れていると思うが、しっかり身体を休める事はできただろうか」

「はい。大丈夫ですよ」

「そうか。それは良かった」

メルクリオさんたちに挨拶をして、私たちも船員さんから朝食を受け取ると、別のテーブルに着き……メルクリオさんがずっとこちらを見て何か言いたそうにしているんだけど、何だろう？

遠目で見た感じだと、席を立とうとして、仲間の人たちに止められているみたいだけど。

食事を済ませた後は甲板に出た。船の進行方向を見てみると、遠くにたくさんの家が見える。

「わぁ！　陸地が見えるっ！」

「やっと到着だねー。やっぱりボクは船の上より、陸の上の方が良いかなー」

「そうね。時々なら船に乗ってみるのも良いけど、私も陸地の方が良いわねー」

コリンとそんな話をしていると、イナリが念話で話しかけてくる。

『どうやら、こっちは魔の力の影響がまったくないようだな』

「そういえば、タリアナもほとんど影響なさそうだったけど、距離のせいかな？　それとも火の聖女の力が何か関係しているのかな？」

『その両方かもしれぬぞ。我も初めて来る場所だから、詳しい事はわからぬが……どのような旨い肉があるのか楽しみだな』

「あの、イナリ。美味しい物を食べに来た訳ではないからね？」

『わかっておる。……が、道中に少しくらい良いではないか』

まぁイナリの事だから、火の聖女に会う事を遅らせてまで食事を……なんて事はないと思うけどね。……たぶん。

そんな事を考えているうちに、船は港へ近づき、ゆっくりと動きを止めた。

でも船員さんたちがものすごく忙しそうにしているので、しばらく食堂で待機していると、副船長さんがやって来た。

「皆さん、お疲れさまでした。無事にアトロパテへ到着いたしましたので、護衛の仕事はここまでとなります。今回は荷物の損傷も少なく助かりました。アトロパテかタリアナのどちらかの冒険者ギルドで、報酬を忘れずに受け取ってくださいね」

「わかりました。こちらも、アトロパテへ来る事ができて助かりました」

副船長さんから報酬の受け取り方についても教えてもらい、お礼を言って船を降りると、メルクリオさんが近づいて来る。

「アニエスさん！　タリアナへ戻る時も、同じように船の護衛を請けるのだろうか」

「えーっと、まだ何とも言えませんが、おそらくそうではないかなーと」

「そうか。それならば、またその時は……その、よろしく頼む」

「えぇ、こちらこそ」

メルクリオさんに挨拶され……でも、やっぱり何か別の事を言いたそうに口ごもっているんだよね。何だろう？

まあ、重要な事ならハッキリ言うはずだから、大した話ではないのかも。

そのまま冒険者ギルドへ行って仕事の完了報告を済ませ、女性の職員さんから報酬を受け取る。

「アニエスさん。この運搬船のお仕事ですが、副船長さんからすごく良い護衛だったと伺っております。何でも過去に類を見ない程の損害の少なさだったと」

「ありがとうございます。偶然、近づいて来た魔物が少なかったのかもしれませんね」

「そこで……ですね。その護衛力の高さを見込んで、次のお仕事なのですが……」

職員さんが早くも次の依頼の話を始めてしまった。

マズい。これはフランセーズで農水路を作った時や、イスパナで干からびた農地を蘇らせた時と同じように、延々と似たような依頼を請ける事になってしまう。ここは断固として断らないと！

「すみません。ありがたいお話なのですが、すでに予定がありまして」

「指名依頼という事ですか？　……まだそのような依頼は来ていませんよ？」

「いえ、そういう意味ではなくて、火の聖女のところへ行く用事があるんです」

「……火の聖女？　あの、失礼ながら火の聖女とは？」

あれ？　女性職員さんがキョトンとしているけど、火の聖女の事を知らないの？

「えーっと、火の聖女って聞いた事がありませんか？」

「はい、ありませんが……アニエスさんは海の国タリアナから来られましたよね？　タリアナでは、火の聖女というのが有名なのでしょうか？　よろしければ、火の聖女というものが何か教えていただけるとありがたいのですが」

火の聖女が何か……って、どうやって説明すれば良いんだろう。

そもそも私だって、水の聖女について説明を求められても、何て言えば良いか分からないもの。

イスパナにいる太陽の聖女のビアンカさんなら、国での立場がハッキリしているから説明できそうだけどね。

……よし。面倒なので、逃げよう。

「あの、そういう訳で今は忙しくて、依頼を請けられないんです」

「あっ！　アニエスさんっ！　待ってください！　ぜひ請けていただきたいお仕事があるんですよー！　アニエスさーんっ！」

何一つ悪い事はしていないんだけど、逃げるようにしてギルドを出ると、火の聖女について情報収集をするべく通行人に声を掛ける。

「すみません。火の聖女って、どこに行けば会えるかご存知ですか？」

「火の聖女？　……ごめんなさいね。それは何かしら？」

えぇ……ギルド職員さんと同じ反応なんだけど。

まさか、ここはアトロパテではないとか？

「あの、ここは火の国アトロパテですよね？」

「えぇ。アトロパテのユザハっていう港町よ」

まぁ船でやって来たし、ギルドでお仕事の完了報告もできたんだから当然だよね。

あ……鉄の国ゲーマのミアちゃんみたく、聖女の事が知られていないのかも。

念のためコリンにも協力してもらい、老若男女問わず、いろんな人に手分けして聞いてみたけど、やっぱり誰も知らないみたい。

だけど聖女の話とは別に、このユザハの町はそれほど大きくなく、アトロパテの最西端だという事がわかった。

大きな街なら火の聖女の事を知っている人もいるだろうと考え、ここから一番近い大きな街への行き方を聞く事にした。

「あぁ、それなら乗合馬車の停留所で三番の馬車に乗れば良いですよ」

親切そうなお婆さんに教えてもらったので、コリンと合流すると……

「お姉ちゃん。八番の馬車に乗ると大きな街へ行けるんだってー！」

「え？　私は三番って聞いたわよ？　イナリ、さっきのお婆さんは三番って言っていたわよね？」

「うむ。だが、教えてくれた者が勘違いしていたのではないか？」

どれが正しいか分からないので、一番確実な停留所に向かう。

「すみません。火の聖女に会いたいのですが、どちらに行けばいいかご存知でしょうか？」

「火の聖女……ですか？」

「あー……では大きな街へ行きたいのですが」

「それなら六番の馬車ですね。ここから五つ目の村で降りて、馬車を乗り換えてください」

「わかりました！　ありがとうございます」

チケット売り場のオジサンに話を聞くと、またもや違う番号が出てきたけど、この人の言う行き先が正しいはずよね。

という訳でチケットを購入し、六番の馬車へ。フランセーズとは少し文化が違うらしく、子狐の姿のイナリも乗合馬車に乗って構わないそうなので、来た馬車に三人で乗り込む。コリンと一緒に経由する村を数え、五つ目の村で降りたけど……

「お姉ちゃん。ここ……だよね？」

「た、たぶん……」

チケット売り場で教えてもらった場所は、コリンも私も不安になるくらいの小さな村だった。

というより、幾つかの家が集まっただけの場所……かな？　馬車もすでに行ってしまったし、とりあえず話を聞いてみるしかない。

手始めに、馬車の停留所に居た女性に話を聞いてみる。

「すみません。私たち、火の聖女に会いたいのですが」

「火の聖女というのは存じ上げませんが、探し人なら一度大きな街へ行っていただかないと……ご覧の通り、ここはそのような場所ではございませんので」

「ユザハという港町で、ここで乗合馬車を降りるように言われたんですけど」

「そうですか。申し訳ありません。おそらくユザハの担当者が勘違いしてしまったのでしょう。ユザハへお戻りになられるのでしたら、馬車代を返却しますが、いかがいたしましょうか」

やっぱり間違いだったのね。

乗合馬車の係員が間違えるのはできればやめてほしいけど、誰だって間違える事はあるし。謝っているし、責めてもしょうがないわよね。

でも、そうだとすると、どの馬車に乗るのが正解だったのかしら。

「あの、一旦ユザハの町へ戻ってから正しい馬車に乗るのと、ここから違う街へ行って、正しい馬車に乗るのではどちらが早く着きますか？　あまりのんびりもしていられないので」

「それでしたら、このまま別の街へ……クァザックスという大きな街へ行った方が早いですね。ただ、こちらのミスで申し訳ないのですが、クァザックスへ向かわれるのでしたら、ユザハからの料金は返却できないのですが、よろしいでしょうか」

「……仕方ないわね。では、それで構わないんですけど、次のクァザックス行きの馬車は、いつ頃来ますか？」

「それが……お客様が乗って来られた馬車が、今日の最終便なんです。明日の朝まで馬車は来ないんですよ」

「えっ!?　じゃあ、貸切馬車とか……」

「この村には、貸切馬車なんてないんです」

ええ……ということは、係員さんが行き先を間違えたのに、一日足止めなの!?

「わかりました。では、この村の宿屋は……」

「すみません。この村には宿屋もなくて。こ、ここで良ければ一晩お貸しできるのですが。簡易なベッドが二つあるだけで、水も火も使えないんですけど」

女性がものすごく申し訳なさそうにしているけれど……もしかして、隣の村とか街へ歩いて行った方が良かったりするのだろうか。

「あの、隣の村は歩ける距離でしょうか？」

「歩けなくはないですが、すごく遠いですし、隣の村にも宿などはないので、同じ事になるかと」

「わかりました。では、すみませんが今晩、ここをお借りしても良いですか？」

「はい。私も本日の業務はこれで終わりですので、使っていただいて大丈夫です」

そう言って、係の女性は頭を下げながら、どこかへ姿を消してしまった。

困ったな。アトロパテに来るまでは順調だったのに。

「まぁ仕方あるまい。それより、せっかく人気《ひとけ》もないし、時間もある。早速、ヒュージ・オクトパスを食べようではないか」

「うーん。イナリ、あれを本当に食べるの？」

「うむ。食べた事のない魔物なので、我は楽しみなのだが？」

「でもタコなのよ？　取った部位も触手だし、美味しいとは思えないんだけど……」

「前にも言ったではないか。東方ではタコを普通に食べるのだ。アニエスの料理の腕なら、きっとタコを調理できるはずだ！　さぁ、頼むっ！　我にタコ料理をっ！」

顔を見合わせる私とコリンをよそに、周囲に人がいなくなって元の姿に戻ったイナリだけがすごく乗り気だけど、どうしようかと少し悩む。

というのも、私はタコを食べた事がないし、調理した事もないのよね。

「とりあえず、ぶつ切り……で良いのかな？」

イナリの異空間収納から出してもらった調理器具を使って、巨大なタコの足を一口サイズに細かく切ってみた。

その切った後のタコを見てある料理を思いついたので、神水でよく洗い、下味を付けてしばらくなじませる。

その間に、サラダやスープを作って……この村にはお店もないみたいだし、イナリの異空間収納がなかったら大変な事になっていたな、と思いながら、タコ以外の料理を完成させた。

「それでは、メインのタコ料理の仕上げといきますか」

下味を付けてしばらく放置していたタコの水気を切ると、片栗粉をまぶし、熱した油の中へ。良い感じに色が付いたら引き上げて、油を切って……できあがりっ！

「でも、できあがったものの、タコって本当に美味しいのかな？」

流石に味見もしていない物をイナリやコリンに出すのは気が引けるし……えいっ！

思い切って一つ口に入れてみると……あ、美味しい。弾力があって、噛み切る時のプチンっていう感触が楽しいのと、海っぽい味がするかも。

もう一つ食べてみようとしたところで、コリンとイナリの声が聞こえてきた。

「あーっ！　イナリ。お姉ちゃんがつまみ食いしてるー！」

「むっ！　アニエス。旨そうではないか。我も食べたいのだが」

「これはつまみ食いじゃなくて、味見だからっ！　さぁ、食べましょう」

乗合馬車の係の方から貸してもらった部屋にはベッドとテーブルと椅子くらいしかないけど、家の中っていうだけでも野宿に比べると遥かに良い。

「いただきまーす！　……あ、美味しい！　ボク、これは初めての食感かも」

「ふむ……なるほど。これはなかなか……うむ。旨い！　流石はアニエスだな」

「あはは。思ったより上手くいって、美味しくできたわね」

皆でタコのフライを美味しくいただき、後片付けを済ませると、いつもの頭痛がしてきた。

「あー……久しぶりで、すっかり忘れていたけど、魔物を食べるとこうなるのよね」

「神水は飲んだのか？　……うむ。新たに暗闇魔法が使えるようになっているな」

「暗闇魔法？　どういう魔法なの？」

「そこまでは我も分からぬ。またどこか広い場所で使ってみると良いであろう。それより、今日は就寝しようではないか。我はヒュージ・オクトパスが旨いという事が分かって満足だ」

いや、イナリは満足したかもしれないけど……まぁこの状況だと寝るしかないんだけど、明日こそは火の聖女が居る場所へ行かなきゃ。

そんな事を考えながら就寝し、翌朝には乗合馬車に乗って大きな街へ。

そこで街の人に話を聞き、改めて乗合馬車で移動して……また同じような小さな村に辿《たど》り着き、再び小屋を借りて就寝する事になってしまった。

「……流石に、これはちょっと変よね。二日続けて、しかも違う街で同じように誤った馬車に案内されるなんて」

「そうだな。状況から考えると、我らを火の聖女に近づけたくないのであろう」

「でも、このアトロパテっていう国は、狭くないよね？　火の聖女がどこに居るのか、何の情報もなしに探すなんて無理だよー！」

イナリとコリンの言う通りで、どういう訳か道を尋ねた人全員が私たちを火の聖女に近づけたくないらしく、お手上げ状態になっている。

食料は多めに購入してあるから問題ないけど、こう足止めされるのは流石に困るし、何より良い感じはしない。

「明日大きな街へ行ったら、一旦火の聖女の事を聞かずに、王都へ向かってみましょう」

もしかしたら、アトロパテには「火の聖女の事を聞かれたら、本当の事を答えてはいけない」という法律があるのかもしれない。そうでなければ、乗合馬車の関係者はともかく、無作為に声を掛けた通行人が揃って嘘を教えるとは思えないもの。

ひとまず明日の朝まで待つしかないのだが、何もない街では暇を持て余すし、何より時間を無駄にしている感じが辛い。私は神水を使った超級ポーションを作り、コリンは弓矢の練習をする。

イナリは……せっかく初めての地に来たからと、食材探しに行ってしまった。

翌朝。昨日仕留めてきた謎のお肉で朝食を作ってほしいというイナリの要望をスルーして、大きな街へ戻って来た。そこで火の聖女の話を一切出さずに王都への行き方を聞き、ゲンシェという街へ。火の聖女のことを教えてもらえるかはわからないけど、聞くだけ聞いてみて、反応を見ることになった。

「ここがアトロパテの王都なのね」

「お姉ちゃん。大きな街だねー」

『ふむ……むっ⁉　アニエスよ。あれを見てみよ』

どんな街かと周囲を見渡していると、子狐姿のイナリが何かに気づいたみたいだ。何だろうと思って目を向ける。

「特に変わった物はなさそうだけど……イナリ、何があるの？」

「むっ⁉　あるではないか。コリンは分かるであろう？」

「うん、ボクはわかるよー！　お姉ちゃん、こっちー！」

イナリの言いたかった事を私が理解できなかったからか、イナリが小声でコリンに話しかけ、二人が先を急ぐ。コリンに手を引かれて向かった先は……屋台？

「お姉ちゃん。この串のお肉、美味しそうじゃない？」

『うむ。これは絶対に旨いと、我の勘が言っておるな』

えぇー。さっきイナリが気づいたのって、まさかこのお肉の事だったの⁉

「……すみません。この串を二本……いえ、三本ください」

「毎度っ！　お嬢さん、ウチの串は肉汁がすごいから、こぼさないように気をつけてくれよな」

溜息交じりにお肉を買い、コリンとイナリに一本ずつ渡すと、私も一口……うん。屋台のオジサンの言う通り、肉汁たっぷりで美味しいっ！

あ……そうだ。ついでに火の聖女について聞いておこう。

「あの、すみません……」

「ん？　どうしたんだい？　手が汚れたなら、そこの布を使ってくれて良いぜ」

「あ、そうではなくて、火の聖女ってどこに行けば会えますか？」

「……あー、悪いが俺には何の事やら」

「そ、そうなんですか？　でも、ここって王都なんですよね？」

「……そ、そうだな。でも、すまないが他の人に聞いてもらった方が良いかもしれねぇな」

うーん。串を買った時と、火の聖女の事を聞いた時とで、明らかに態度が違う。

やっぱり、火の聖女のことを教えてはいけないって決まっているのかな？

ひとまずオジサンにお礼を言って、王都を歩きながら、所々で話を聞いてみる。

だけど、先程の屋台のオジサンと同じように、全員に知らないと答えられてしまった。

「んー、いろいろと見て回ったけど、また同じね」

「お姉ちゃん。また手分けして聞いてみる？」

大通りから人気《ひとけ》のない路地へ場所を移し、コリンの提案にどうしようかと考えていると、イナリが突然本来の――人の姿に戻った。

『少し我に思うところがある。二人とも、ここで待っているのだ』

「え？　イナリ!?　どこへ行くの!?」

イナリは単身、大通りへと入って行く。だけど待てと言われたので、路地からこっそり様子を見ていると、イナリが誰かと話していた。

相手は……さっき私が火の聖女の事を聞いた、アクセサリーを売っているお姉さんだ。すでに話を聞いて、知らないと言われているんだけど、何をしているんだろう？

流石に声までは聞こえないので、もう少し近づこうかなと思ったら、イナリが戻って来た。

「わかったぞ。残念ながら、ここは王都ではないらしい」

「えっ⁉　でも王都への行き方を聞いてここへ来たのよ？」

「うむ。それについては推測でしかないが、青髪のアニエスと幼いコリン、子狐の姿の我が何らかの方法でマークされているのであろう」

「マークっていうと？」

「『火の聖女の事を調べる要注意人物』として扱われているのだろう。どうやっているのかはわからぬが、それをアトロパテの国民が皆知っていて、わざと偽の情報を伝えられているのだ」

そんな事が……でもイナリが人間の姿で聞きにいったらすぐに王都じゃないって分かったし、その通りなのかも。

「だけど、本当にここは王都じゃないのかなー？　実はイナリも違った事を言われていたりして」

「確かにそれは否定できぬ。しかし、皆でこの街を見て回ったが、人間の国の王都に大抵はあるものが、この街にはないと思わぬか？」

コリンの言葉にイナリが答える。王都にあるべきものって何だろう？　大きな門？　大通りの人の多さ？　冒険者ギルドとかはあったけど……

「あ！　わかった！　お城がない！」

「そういう事だ。アトロパテの本当の王都はウーカブという街だそうだ」

「そんな街の名前、一度も出てこなかったわね……」

「とりあえず、そのウーカブというところへ行ってみようではないか」

イナリから聞かされた言葉にショックを受けながら、再び乗合馬車に乗る事にした。

次こそはちゃんとした行き先へ行ってほしい……そんな想いを胸に、本当の王都だと思われるウーカブ行きの大きな乗合馬車に乗っていると、途中の小さな村で馬車が停まる。

先程の村でも何人か乗ってきたし、ここでも乗客が増えると思っていたら、逆にお客さんたちがゾロゾロと降りていく。

「……皆降りちゃったけど、この小さな村に何かあるのかしら？」

「うーん、この村に住む人が大勢乗って居た……とか？」

「でも、村って言っても家が数軒しかないのよ？　住居より、降りた乗客の数の方が遥かに多い気がするんだけど」

コリンとヒソヒソと話している内に、私たち以外の乗客が全員降りてしまい、王都行きの大きな馬車には私たちだけになってしまった。

「まぁ空いていて良いではないか」

「そうだけど……何となく嫌な予感がするのよね。前にも、馬車ではいろいろあったじゃない」

「む？　……あぁ、イスパナの山の中か。崖から馬車を落とされた時だな？　まぁ仮に同じような事があったとしても、我が守ってみせよう」

まぁ確かにイナリが一緒にいてくれたら大丈夫だとは思うけどさ。でも、他の乗客が居ないからイナリが普通に喋っているけど、子狐の姿なんだよね。

馬車に乗る時に御者さんが子狐姿のイナリを確認しているから、本来の姿には戻れない。イナリが子狐姿で対応できないような事が起こらないように願いながら、馬車に乗っていると……眠っていたイナリがピクンと顔を上げる。

「何か来るな」

「何かって、何がっ!?　まさか魔物なのっ!?」

「いや、この感じは違うな。おそらく馬に乗った人間だな」

イナリの言葉で、私と一緒に警戒していたコリンが、再び座席に着く。

「良かったー。人だったら、問題ないよねー」

「だが、この馬車に向かって、十人程向かって来ておるぞ」

「まぁ街道だし、そういう事もあるんじゃないかなー?」

コリンが安堵しているけど、幌の中から外を見てみると、今は森の中の道を走っている。

……お、襲われたりするなら、こういう場所よね?

嫌な考えが頭を過《よぎ》ったところで、イナリが溜息交じりに口を開く。

「……残念ながらアニエスの嫌な予感が当たってしまったようだな」

「ど、どういう事!?」

「先程話した、こちらへ向かっているという人間たちが、この馬車を先回りして、この先で左右に分かれて止まっておる。おそらく森の木々に身を隠し、この馬車を襲おうとしているのだろう」

「まさか、盗賊団!?」

「盗賊かどうかまではわからぬが、敵意を抱いているのは間違いないであろう。……二人とも、こちらへ来るのだ」

コリンと共にイナリの側へ行くと、具現化魔法でイナリが黒い壁を生み出した。

「我が襲う側の立場であれば、まずは馬と荷台を弓矢で射る。布製の幌だから、矢で十分だと考えるであろう」

「なるほど。それで、この壁なのね」

「うむ。馬車を止めたら、後ろから馬車へ乗り込んで来るであろうな」

「えぇっ!? ど、どうしよう」

「アニエスよ。ちゃんと殺さぬように手加減してやるから安心するが良い」

いやあの、私が言った「どうしよう」は、イナリがやり過ぎちゃう……っていう心配ではなかったんだけどね。

その一方で、コリンは私と同じ考えだったみたいで、弓に矢をつがえて、ごくりと喉を鳴らす。

そうだよね！　普通は、どうやってこのピンチを切り抜けようかって考えるよね。

そう思った直後、馬車が急停止し、風を切る音と布が引き裂かれるような音、それから床に何かが落ちるような音が聞こえた。

それはイナリの作った壁に矢が弾かれて床に落ちた音だったんだけど、すぐに数人の男性が木々の陰から飛び出してくるのが破れた幌から見えた。

「ふむ、想定通りだな。コリンよ。矢を放つのは良いが、くれぐれも殺してしまわぬようにな」

「うん。相手の腕か脚を狙うようにするよ」

二人が物騒なことを話している内に、男性たちはあっという間に馬車を囲んだ。剣を手にした男性が後ろから馬車へ上がって来ようとしていて、コリンが弓を構える。

「そこで止まって。でないと射るよ！」

「はっ、ガキが！　やれるもんならやってみ……くっ！　こいつ、マジでやりやがった！」

「ボクだって冒険者だからねっ！　今のは警告でわざと外したけど、次は本当に射貫くよ！」

コリン、すごい。出会った頃はコリンを守らなきゃって思っていたけど、いつの間にか成長していて……って、和んでいる場合ではないわね。私も頑張らなきゃ！

馬車に乗り込もうとしてきた男性がコリンの矢でひるんだところで、氷魔法を発動させる。

「植木鉢アターック！」

「うごっ！　……ぐっ」

植木鉢の形をした氷が頭を直撃して、男性は馬車から転がり落ちた。

一応、大怪我はしないように比較的小さな物を選んだけど……あ、少ししたらフラフラと起き上がったから、大丈夫みたい。馬車は走り続けているので、流石にあの人が再び戻って来る事はないだろう。

だけど、馬車を囲んでいる人は他にもたくさんいて、別の人がまた馬車に乗り込もうとしてきた。

これを阻止すべく、再び植木鉢アタック――もとい氷魔法を発動させ、男性を振り落とす。

……うん。二人目も大きな怪我はしていなさそうね。

さっきの二人を見て私の魔法を警戒したのか、周りの人たちが後ろから乗り込もうとはしなくなったと思ったら、前の方から悲鳴が聞こえてきた。

「ひぇっ！　い、命は助けてくださいっ！」

私たちが居る幌の中からは見えないけど、もしかして御者の人が狙われているのっ⁉　馬車が止められると流石にマズいというのもあるけど、それより御者の人を助けなきゃ！

「イナリ。幌の外側に攻撃ってできる？」

「もちろんだ。任せておけ」

「……熱いっ！　な、何だっ⁉　黒い炎だとっ⁉」

子狐姿のイナリが、御者台にいる盗賊？　の人を魔法で攻撃したらしく、何かが地面に落ちる音がした。

走り続ける馬車から、男性が地面を転げまわっている様子が見えたけど、ゴロゴロと転がっている内に黒い火が消えていく。どうやらイナリがちゃんと手加減してくれたみたい。

「……ふむ。何人かは先程の者たちの手当てをしているようだが、まだ二人程こちらへ向かって来ておるな」

「え？　でも道には誰もいないけど……森の中を通っているの⁉」

「うむ。おそらく、この先で道が大きく右に曲がるのであろう。真っ直ぐそっちへ向かっている。先回りされるぞ」

イナリがそう言ってしばらくすると、その言葉通り馬車が大きく右に曲がる。

あの盗賊団の人たちはこのあたりをナワバリにしているのか、このあたりの土地に詳しいみたい。ひとまず、御者の方に伝えておかなきゃ。

「すみません！　さっきの人たちがあと二人襲ってきますので、気をつけてください」

「えぇっ!?　お、お客さん。ど、どうしてそんな事がわかるんだい!?　というか、気をつけろって言われても、どうすれば……」

幌の中から御者さんに声をかけてみたけど、言われてみれば確かにそうかも。手綱を握っている御者さんは、どうしようもないよね。

……あ、そうだ。さっきのイナリの手が使えるかも。

「では、私が氷魔法で御者さんを守りますから、そこから動かないでくださいね」

「あ、ああ……お願いするよ」

破れた幌の穴から少しだけ顔を出して御者台の位置を確認すると、氷魔法で壁を生み出す。

「……うわっ！　これは……氷の壁？」

「えぇ。ちょっとやそっとでは壊れないですし、透明なので壁がある事には気づかれないと思います」

「わ、わかった。とにかく、止まらずに走らせるね。……はぁ。ヤルミラ様は馬車を弁償してくださるのかな」

ん？　今、御者さんが何か呟いていたけど、ヤルミラ様って誰だろ？　乗合馬車を纏《まと》めている偉い人とかなのかな？

そんな事を考えていると、もうすぐ二人の追手と接触するとイナリが言うので、幌の内側も氷の壁で囲むと、早速矢が射られたらしく、氷の壁に矢が当たって乾いた音がした。

その直後、野太い声が響き渡る。

「よくもやってくれたな！　お前たちは隊長の俺様自ら……んっ⁉　これは……氷っ⁉」

後ろから馬車へ乗り込もうとしてきた男性が、氷の壁に阻まれ、そのまま下へ滑り落ちて行った。

透明だし、氷だし、滑るよね。

「うむ。矢を放った者は、先程落ちた男のところへ向かったようで、今度こそ誰も追って来ておらぬな」

「よかった。けど、さっきの人たちって盗賊団なのかしら？　……隊長って言っていたけど」

「盗賊団だったら、お頭とかって言いそうだよねー。ただのボクのイメージだけど」

イナリとコリンの三人でいろいろと話をしつつ、御者さんにも話を聞くと、ひとまず怪我はないそうだ。

先程の襲撃の後は、特に何事もなく、馬車は軽快に街道を走って行く。

王都へ到着するまでの間、矢を受けて幌が破れてしまった箇所を裁縫道具で縫って、穴はほとんど見えなくなったけど……どうかな？

さっき御者さんがものすごく悲しそうだったので、できる範囲で直してみたんだけど。

「お客さん、着いたよ。王都ウーカブだよ」

「ありがとうございます。あと、途中で馬車が襲われたでしょ？　とりあえず破れた幌を縫ってみたんですけど……」

「おぉっ！　すごい！　いや、これならまったく問題なしだよ！　ありがとう！」

良かった。昔から服のほつれを自分で直していたのが役に立ったわね。

馬車を降りて街の中心部に目をやると、大きなお城が見えた。どうやら、ようやく王都に着いたみたいだ。

これで火の聖女に会えると、内心胸を撫でおろしていると、御者さんが小声で話しだす。

「お客さん。私は商売柄、いろんな人を見てきたから、貴女は良い人だと思うんだ。それなのに、どうして王女様を狙うんだい？　何か悪い人に脅されているのかい？」

「あの、王女様を狙うって何の事ですか？　別に誰からも脅されたりしていませんが」

「でも、火の聖女様を探しているんだろ？　……おっと、人が来たか。……こほん。あー、そうですね。困った事があれば、街の冒険者ギルドへ行けば良いと思いますよ。それでは」

アトロパテへ来て、初めて火の聖女について話してくれる人がいた！　だけどその御者さんは突然大きな声で何かを誤魔化すように叫ぶと、逃げるかのように馬車に乗り込んで、出発してしまった。

話している最中に通りかかった人も、他の馬車に乗ろうとしているだけで、怪しい人とかではなさそうだし……これは一体どういう事なんだろう。

そういえば、火の聖女を探す事は王女様を狙うのと同じ……みたいな事を言っていたわよね。

……まさか火の聖女って、アトロパテの王女様なのっ!?

あくまで推測だけど、かなり面倒な事になりそうな気がしたところで、イナリが念話で話しかけてくる。

『アニエス。一つ気になる事があるのだが』

「イナリ、気になる事って？」

『実はこの街へ近づけば近づく程、僅かな……本当に僅かな魔力が宙を飛んでいると思っていたのだが、その小さな魔力があの城から発せられておるのだ』

「お城から小さな魔力が飛んでいる……？」

『うむ。一つ前の街にいた時や、馬車から大勢の乗客が降りる直前にも、この小さな魔力を感じたのだが……先程の御者の男が取った行動で、一つの想像ができた』

子狐姿のイナリが、何かを考えるように遠い目をしながら、言葉を続ける。

『あくまで我の想像だが、我が使う念話を、火の聖女はもっと広範囲で行使する事ができるのではないかと思う』

「それって、今イナリが声に出さずに私に話しかけている、これの事よね？」

『その通りだ。例えばの話だが、念話を特定の人物に届けられる……いや、この国の国民全員に届けられるとしたらどうだ？　これまで我らに起こった事が腑に落ちぬか？』

「えっと、さっきの御者さんに『どうして王女様を狙うのか』って聞かれたけど、それは火の聖女がアトロパテの国民に念話で知らせている……つまり、一方的に私たちが悪人扱いされているっていう事!?」

『我の想像の域を出ぬがな。しかしアニエスとコリンが王都の事を聞いても教えてもらえなかったのに、我が元の姿で聞いたらすぐに教えてもらえたであろう。おそらく、あの王城に居る者から、我らが入国した時の情報だけが国民に伝わっているのではないだろうか』

あー、この国へ来る時に身分証として提示しているのは、私とコリン、そして子狐姿のイナリだもんね。本来の姿になったイナリは、ノーマークっていう事か。

イナリから聞いた話をコリンにも伝えると、不思議そうに小首を傾げる。

「お姉ちゃん。どうして火の聖女様は、探されるのを嫌がるんだろうねー？」

「まぁ王女様だし、安全のため……かな？」

考えても埒《らち》が明かないので、ひとまず王城へ向かってみる事にした。

――火の国の女王ヤルミラ――

「ヤルミラ様。火の聖女様の事を嗅ぎまわっている、海の国タリアナから来た例の女性冒険者の件について、ご報告です」

「ふむ、申してみよ」

「はっ！　過去に火の聖女様について調べようとしていた者たちと同様に、乗合馬車で田舎巡りを繰り返させております」

「わかった。いつも通り、諦めるまでそのまま継続するように」

「畏《かしこ》まりました」

騎士団長から、火の聖女――私の愛娘のモニカの事を聞いて回っている者がいるという報告を受けた。その時は、正直またか……と思ったが、今回も上手くいきそうだ。

正直言って、我が国はそこまで大きな国ではないので、他国と争いになるのは避けたい。

この方法であれば他国から来た者に危害を加えることなく、勝手に諦めて帰っていくので、他国と争いになる事はないだろう。

国民全員に私の声を届ける魔法を使うと、魔力を大量に消費する。しかし、こうして結果が伴っているので構わない。

そう考え、安心して公務を続けていたのだが、数日経ったところで、大臣の一人が謁見の間に駆け込んできた。

「ヤルミラ様、ご報告です。モニカ様の事を嗅ぎまわっている、ビーストテイマーの女性冒険者と少年ですが、副王都ゲンシェに到着した後、一体どうやったのか、王都ウーカブ行きの乗合馬車に乗り込みました！」

「……どういう事だ？　国民全員で協力し、かの者たちを王都へ近づけさせないようにしているというのに」

「わ、わかりません。このような事態は初めてでして……」

「それで……どうするのだ？　その冒険者たちを」

「は、はい！　こうなってしまった以上、事故に見せかけて亡き者にするのが良いかと思っておりますが、生憎《あいにく》と、同じ馬車に我が国の国民が何人か同乗しておりまして……」

「ふむ。つまり妾の魔法で、その者たちに馬車から降りるように伝えろという事だな？」

「はい。申し訳ございませんが、どうかお願いいたします」

このところ、魔力を使い過ぎているのだが……仕方ない。可愛いモニカを守るためなのだから。

『……こほん。親愛なるアトロパテの国民たちよ。聞こえるか？　妾は女王ヤルミラ。今、あなたたちの心に直接話しかけている』

ふぅ。僅か数秒の言葉でも、少し疲れる。だが可愛いモニカのため、気合いを入れて再び魔法を使う。

『先日皆に伝えた、火の聖女の事を嗅ぎまわっている者たちが、王都行きの乗合馬車に乗っている。その馬車に乗っている者は、次の村ですぐに馬車を降りよ。これは警告だ。必ず従うように』

魔力をかなり消費し、眩暈《めまい》がする。

だが、やるべき事はやった。

「ヤルミラ様、ありがとうございます」

「……後は任せた。妾は魔法を使い過ぎた故、少し休む」

「はっ！　後は、お任せください」

「必ずモニカを守り抜くのだ。頼んだぞ」

例の冒険者たちのことは大臣と騎士団長に任せる事にして、私は軽くふらつきながら自室へ。

「ママー！　……どうしたのー？　あ、お仕事が終わったの？」

「ええ、そうよ。だから、モニカも一緒に寝ましょうね」

「はーい！」

世話係と一緒に絵を描いていたモニカが弱々しい笑みを浮かべる。

あぁ、可愛いモニカ。モニカさえ居てくれたら、私は何でもできる！

……だけど、今は少しだけ休憩ね。

「ママー、おやすみー！」

「ええ、おやすみなさい。可愛いモニカ」

モニカは、私が必ず守ってあげるからね。

第三章　火の聖女に会う方法

火の国アトロパテの王都、ウーカブの中心にある大きな城を目指して、コリンと子狐姿のイナリと共に歩く。

迷路みたいにややこしく入り組んだ街の造りになっているけど、幸い目的地は見えているので、何度も道を引き返したりしながら、ようやく大きなお城の門の前に到着した。

「止まれっ！　何者だ！　ここから先は許可がある者しか通れぬぞ」

「あの、私たち火の聖女にお願いがあって来たんです」

「女と子供と銀色の狐……そうか、お前か。ここには火の聖女などという者は居らぬ。他をあたれ！」

「でも、ここに火の聖女が居ると聞いて来たんです」

門の前で槍を持った兵士さんに止められ、火の聖女に会わないといけないと伝えたのだけど、とりあってもらえない。

「もう一度言うが、ここに火の聖女は居らぬから、他をあたれ。これは警告だ。従わぬのであれば、貴様らを捕らえる事になるぞ！」

「……わかりました。ですが、今困っている国があって、火の聖女に助けてもらわないと、その窮地を脱する事ができないんです。……その事を聖女様に伝えてください」

これ以上食い下がると本当に捕まえられかねないので、一旦出直す事にした。

もしも牢に入れられたりしたら、イナリが怒って暴れちゃうかもしれないしね。

『ふむ。アニエスよ、どうする？　強行突破ならば幾つか方法があるが』

「お城だから、強行突破はダメよ。イナリの言う方法って、門を壊したり、壁を飛び越えたりするんでしょ？」

『うむ、その通りだ。よく分かっておるではないか』

まぁイナリとは一緒に過ごしてきているからね。言いそうな事はわかるわよ。

ただその方法は、お城の中で見つかった時に警告なしで捕まえられるし、弁解の余地がないので本当にダメだからね？

「お姉ちゃん、どうしよう」

「そうね。情報が足りないから、とりあえず冒険者ギルドへ行ってみる？　あの御者のオジサンも、困ったらギルドへ行ってみると良いって言っていたし」

「わかったー！」

それから、街の中で冒険者ギルドへの行き方を聞き……今回は誤った道を教えられる事なく、すんなりと到着した。すでに王都に着いているし、今更だからと正しい道を教えてくれたのかな？

それとも、火の聖女に関する事は本当の事を教えてくれないけど、それに関係のない事なら正しく教えてくれるとか？

この街の人たちの行動原理がよく分からないけど、街の中心から少し外れた場所にある冒険者ギルドの建物へ。

いかにも冒険者ですって感じで武器や杖なんかを持った人たちの間を抜け、カウンターに居る女性職員さんへ話しかける。

「いらっしゃいませー！」

「すみません。ちょっと教えてほしいのですが、えっと、火の聖女について……」

「はい。火の聖女様のどのような事でしょう？」

「えっ⁉　そ、そんな普通に答えちゃって良いんですかっ⁉」

「……？　あの、お客様がご質問されたお話かと思うのですが」

火の聖女について聞くと、割と普通な反応が返ってきた。

王都へ来た馬車の御者さんも火の聖女について少し話してくれたけど、他の人が来たらすぐに止めてしまった。でも、ギルドの女性は周囲に大勢人が居るのに、普通に話してくれるみたいだ。

「では……この国の王女様が火の聖女だっていう話を聞いたのですが、本当でしょうか？」

「そういうお話は聞いた事がありますね。ただ実際にお会いした事がある訳ではありませんし、王族に知り合いが居る訳でもないので、真偽の程は分かりかねますが」

「おぉーっ！　そうなんですねっ！」

「え？　はぁ。あくまで噂ですけど……あの、お客様？」

「あ、すみません。噂レベルの話でも、否定されなかったのが嬉しかったので」

職員さんの対応に感激していると、突然コリンに服を引っ張られる。

「お姉ちゃん。変な人みたいに思われちゃうよ？」

コリンに言われて職員さんを見てみると、確かに若干引いている様子だった。

……こ、こほん。ここからは、ちゃんと情報収集しないとね。

という訳で、気持ちを新たに火の聖女の事を聞いてみる。

「あの、火の聖女に会いたいのですが、どうすれば良いでしょうか？」

「そうですねー。先程申し上げました、王女様という噂が本当だった場合、まず会えないでしょうね。また、その噂がやはり噂で、誤りだった場合……では、そもそも火の聖女様はどこの誰なのか？　という話になって会えないかと」

「そう……ですか」

「そういう意味では、まだ前者の方が可能性はありますけど、王族や力のある貴族……例えば公爵様とかに知り合いが居ないと難しいと思います」

王族の知り合いかぁ。イスパナの太陽の聖女、ビアンカさんは王族なのかな？

ゲーマの土の聖女ミアちゃんやフリーデさんは王族ではないし、あとは……フランセーズのトリスタン王子なら間違いなく王族だけど、できる限り関わりたくはないかな。

「い、一応の確認ですけど、他の国の王族でも良いですか？」

「え？　他国の王族にお知り合いがいらっしゃるのですか？　このアトロパテと仲の良い国の王族でしたら、可能性はあるかと思いますが」

「フ、フランセーズの王族に心当たりがあるんですけど……」

「フランセーズですか。かなり遠いですし、隣接している訳でもないので、難しいかと。ただ、その王族の方と本当に親しい事を証明できるのであれば、貴族と話ができるかもしれませんね」

うーん。トリスタン王子の話を出して、アトロパテの貴族に知り合いができたとしても、必ず火の聖女と会える訳ではないのよね？

でも、少しでも可能性があるなら、賭けてみるべき？　だけど、私の気持ち的にすごくヤダなぁ。

『アニエスよ。奴に借りを作るくらいなら、別の手段を探すべきではないか？』

「お姉ちゃん。あの人はどうかと思うよ？」

イナリとコリンから同時に止めた方が良いと言われ、やっぱりそうか……と思っていると、職員さんが大きな声を上げる。

「あ！　一つ、思い出しました！」

「な、何ですか!?」

「いえ、正直言ってかなり難しいですし、こちらの方が可能性の低い話かもしれませんが……アトロパテの女王様に会えるかもしれません」

「女王!?　それってつまり、王女様のお母さんって事ですか!?」

「えぇ。ただ、先程も申し上げましたが、かなり難しい話だという事をご認識くださいね」

そう言って、職員さんがゴソゴソと何かを探し……一枚の紙を取り出した。

「こちらは王城から――女王様の名で冒険者ギルドに依頼が出されている依頼書です」

「えーっと、エリクシールっていう薬の入手……ですか？」

「はい。詳しい事は書かれておりませんが、エリクシールという薬を持って来た者に、S級相当の報酬を支払うという事と、冒険者のランクを問わず、誰でも依頼を請けられるという内容です」

「つまり、そのエリクシールっていう薬を手に入れれば、女王様が直接会ってくれるっていう事ですか？」

「はい。ただ、報酬がS級相当となっておりますので、難易度もS級です。何しろ伝説の万能薬と言われる薬ですから。S級の薬師の方でも作れるかどうか」

うーん。伝説の万能薬かぁ。ソフィアさんならS級の薬師だから、知っているかも。というか、ソフィアさんなら普通に作れるんじゃない？

だけど、ソフィアさんは今ネダーランだから、遠過ぎる。お手紙を書いて薬を送ってもらおうと思ったら……どこに送れば届くのかな？

どうしたものかと考えていると、イナリが念話で話しかけてきた。

『アニエスなら自分で作れるのではないか？』

いやいや、無理だから。私が作れるのは、ソフィアさんから作り方を教わったポーションだけなのよ。

という訳で、探してみると職員さんに話して、冒険者ギルドを出た。

「とりあえず、薬の事を聞くなら、薬師さんよね」

という訳で、街の人たちに道を聞き、薬師ギルドへ。

冒険者ギルドからそれ程離れていない緑色の小さな建物へ入り、早速受付の女性にエリクシールの事を聞いてみたんだけど……途端に彼女は溜息を吐いた。

「……はぁ。えっと、エリクシールですか。おそらく女王様の依頼を聞いたんですよね？」

「そうなんですけど……」

「という事は、冒険者の方ですよね？　もう何人目になるかわかりませんけど、何度も何度も同じ説明をしたんです。エリクシールなんて物は伝説上の存在で、そんなにすごい薬があれば、とっくに薬師ギルドが世界中の人々を治療しています！　少し考えたら、そんな万能薬が存在する訳ないって分かりますよね⁉」

今度は、ものすごく怒りだしたっ⁉　エリクシールについて聞いただけなのに、そんなに怒らなくても……いやまぁ、何度も同じ説明をさせられたら、不機嫌になるのも分からなくはないけどね。

「でも似た名前のエリクサーっていうのは実在しますよね？」

「同じですよっ！　言葉が違うだけで、エリクサーもエリクシールも、同じ薬ですっ！　そんなもの存在しませんっ！」

「えっ⁉　同じなんですかっ⁉　エリクサーとエリクシールが？」

「そうですよ。それが何か？」

「いえ、フランセーズの治療院で重症の方を治したポーションがあって、エリクサー並の効果だって言われた事があって……」

あの時は、私が作った超級ポーションをソフィアさんが治療院へ持って行って……結構な騒ぎになったのよね。当のソフィアさんは、全く気にしていない感じだったけど。

「あぁ、そのお話をご存じなのですか。遠く離れたフランセーズの話ですし、実物を見ていないので何とも言えませんが、普通に考えてありえると思いますか？　どんな怪我や病気も治してしまう万能薬なんて」

「何でも治せるかどうかは分かりませんが、瀕死の方を救った事なら……」

「……それだと、貴女がそのポーションを使った事があるような言い方ですが、でしたらそのポーションを取り寄せれば良いのでは？　女王様のあの依頼は、別にエリクシールでなくても良いのですよ」

「そうなんですか？」

「えぇ。実際に王城の使いの方も、当ギルドへエリクシールの事を聞きに来ていますからね。詳しい事はお話しできませんが、要はある方のご病気を治してほしいという依頼なのですよ」

なるほど。つまり、病気が治せるのであれば、エリクシールではなくても良いって事か。

「もうよろしいですよね？　業務の妨げになりますので、お引き取り願えますか？」

「は、はい。すみませんでした」

「まったく。冒険者が手に入れられるなら、とっくにこっちが手に入れているっていうのに」

半ば追い出されるようにして、薬師ギルドを出る事になってしまった。

『……アニエスよ。我の言った通り、わざわざ探すよりも、アニエスが神水で薬を作った方が早いと思うのだが』

「そ、そうね。必ず治せるかどうかは分からないけど、誰か苦しんでいる人が居るのであれば、治してあげたいわね」

幸い、王都へ来るまでに超級ポーションは何個か作ってあるしね。

再び冒険者ギルドへ戻って受付へ行くと、さっき対応してくれた職員さんが来てくれた。

「すみません。先程、エリクシールの入手についてお話を聞かせてもらった者なんですけど……」

「先程の方ですね。エリクシール入手の依頼については、キャンセルの手続きは不要ですよ？元々、難易度が異常ですし、期限なども設けられていない依頼ですので」

「いえ、キャンセルではなくて、エリクシールの代替品があるので、それでどうかなと思いまして」

「えっ⁉　エリクシールのっ⁉　……こ、こほん。ちょ、ちょっと奥でお話ししましょうか」

驚き、慌てて小声になる職員さんに案内されて、奥の小部屋へ。職員さんが大きな声を上げていたからか、それとも移動するからか、周囲から視線を向けられている気がする。

前みたいに、ギルドを出た途端に変な人がついて来なければ良いんだけど。

若干の心配と共に部屋へ入ると、職員さんが冒険者カードの提示を求めてきた。それに応じると、タリアナでも見た鉄の板みたいなものに職員さんがカードを載せ、何かを確認して口を開く。

「アニエスさんはB級冒険者なので、全く信じていない訳ではありませんが、本当にエリクシールをお持ちなのでしょうか？」

「エリクシールっていう薬を持っている訳ではないのですが、それに近い効果の薬を持っているんです。薬を依頼されているという事は、何かしらの症状を治療できれば、エリクシールそのものでなくても良いのかと思いまして」

「エリクシールに近い薬⁉　そんなの聞いた事がないのですけど……」

「あの、フランセーズでエリクサーみたいな効果のあるポーションが作られたのはご存知ですか？　実はそれと同じ物を持っておりまして」

そう言うと、職員さんが先程のマジックアイテムみたいな鉄の板を確認する。

「……確かにアニエスさんはフランセーズのご出身ですね。しかも、過去にポーション作りのお仕事を請けられているみたいですね」

「ええ。その時、S級薬師のソフィアさんという方の助手をしていたんですけど、そのご縁で、先程のポーションを幾つか貰っているんです」

「な、なるほど。そんなにすごいポーションをどうやって……と思っておりましたが、S級の薬師さんとお仕事をされていたなら、助手の勉強のために貴重なポーションをくれるかもしれませんね」

私の説明で職員さんがうんうん頷いているけど……ソフィアさん、ごめんなさい。もう何度目になるかわからないけど、困った時のソフィアさん！　神水の事はあまり言えないので、ソフィアさんに超級ポーションを貰った事にさせてもらう。

実際、神水を除いたポーションの材料はソフィアさんから貰っているしね。

「そのポーションの実物を見せていただく事は可能ですか？」

「はい。こちらです」

どこかで誰かに実物を提出する事になるとは思っていたので、あらかじめイナリの異空間収納から出しておいてもらった超級ポーションを机の上に置く。

「見た目は普通のポーションに見えますが……うーん。私には判別できませんね。ひとまず、薬師ギルドの方を呼びますので、少しお待ちいただけますか？」

「薬師ギルドの人……ですか」

「何か問題でも？　ま、まさか実はこれまでの話が嘘だったとか!?　こ、これでも私、いろんな冒険者さんを見てきたので、結構人の嘘を見破れる自信があったんですけど……自信なくすなぁ」

「違いますよっ！　今までの話は本当です。そうではなくて、すでに薬師ギルドには行っていて、エリクシールなんて存在する訳がないって言われてしまったので」

「えぇっ!?　薬師ギルドがそんな事を!?　それ……女王様の耳に入ったら、不敬罪で捕まえられてもおかしくない内容なんですけど。とはいえ、私にポーションの知識がない以上、呼ぶしかないので。少しお待ちください」

そう言って、職員さんが部屋から出て行ってしまったんだけど……信じてもらえずに揉めそうな気がするのよね。

とはいえ、私たちは待つ事しかできず、お喋りしながら待っていると、さっき薬師ギルドの受付で話した女性とは違う、男性の方がやって来た。

だけど、先程の薬師ギルドでのやり取りを見ていたらしく、視線が冷たい。

「貴女は先程受付で……当ギルドの受付の者も言いましたが、業務妨害です」

「いえ、アニエスさんはちゃんとポーションをお持ちなんです。なので、そのポーションの鑑定をお願いしたいんですよ」

「まったく……ポーションの鑑定をしてほしいというから何かと思ったら。冒険者がエリクシールを手に入れられる訳ないでしょう！　悪いけど帰らせてもらいます。時間の無駄ですから」

そう言って、男性が部屋から出て行こうとする。

思った通り面倒な事になってしまったけど、この人に確認してもらわないと、私たちはいつまで経っても火の聖女に近づけない。

「待ってください。確かにこのポーションはエリクシールではありません。ですが、それに近しい効果があるのは本当なんです」

「受付で言っていた、瀕死の方を救ったというポーションの事ですか？　……で、そのポーションが、この机に置いてあるポーションだと？」

「はい、その通りです」

薬師ギルドの男性の目を真っ直ぐ見つめて頷くと、彼は大きな溜息を吐いた。

「……はぁ。これは、さっさと鑑定した方が早そうですね。どうせ偽物なのでしょうが」

そう言って、男性が机に置いたポーションへ手をかざす。

その手が淡く光り始めたので様子を窺っていると、男性の表情がみるみるうちに変わっていく。

「……ど、どうやってこんなに効能の高いポーションを!?　こんなの今まで見た事がない！」

「フランセーズのS級薬師ソフィアさんが作ったポーションですから」

「フランセーズのソフィア……って、あの生ける伝説の⁉　治療院で奇跡としか言いようのない回復を起こし、太陽の国イスパナで干からびた大地を復活させたという……あのソフィア様⁉」

あれ？　受付の女性は万能薬なんてありえないって感じの事を言っていたけど、この男性はソフィアさんの事をメチャクチャ良く知っているのね。

ただ、男性が今言った話は、全てソフィアさんの名前を使わせてもらった私がやったというのは、絶対に黙っておかないといけないかな。

「アニエスさんは、過去にソフィアさんの許でポーション作りの助手をなさっていたんです」

「な、何だって⁉　ソフィア様にお会いしているんですかっ⁉　あの、どんな方なんですかっ⁉」

薬師ギルドの男性がソフィアさんの事を聞いてくるけど、どこまで本当の事を話して良いのだろうか。

「えっと、ソフィアさんは薬の研究に熱心な方ですね。あと、見た目はものすごく若いです。私より少し年上って感じの姿で……」

「……はぁ。一瞬本当にソフィア様の助手をされていたのかと思いましたけど、嘘だったんですね。ソフィアさんは相当なご高齢……というか、むしろ生きているのが不思議なくらいなのに」

ソフィアさんの事を話すと、男性があからさまに意気消沈する。

でも、本当の話なんだけどな。

「あの、冒険者ギルドの資料によると、アニエスさんが初めて作った失敗ポーションを飲んだら、何故か若返ったそうです。あと、アニエスさんもソフィアさんも、そのポーションは再現できなかったと記されていますが」

冒険者ギルドの女性がフォローしてくれたので、私も大きく頷くけど……そんな事まで情報として残されているんだ。

まぁでも、ソフィアさんが神水ポーションを飲んで若返った時は私たちだけではなく、ギルド職員のオリアンヌさんも本当にビックリしていたからね。

「それより、アニエスさんが持って来たポーションは、エリクシールと同じ効果があったんですか?」

「……そ、その話ですか。結論から言うと、可能性はある……と思います。ただ我々薬師ギルドでも、エリクシールの効果も実在するかどうかも、分かっていないんです」

「えっ!? じゃあ、あの依頼は絶対に達成できない依頼だという事ですか!? そんな依頼をギルドの掲示板に……」

「いえ、エリクシールと同等かは分からないですが、このポーションがものすごい事は分かります。このポーションなら、我々アトロパテの薬師ギルドでは治せなかった病気を治す事ができるかもしれません。アニエスさん……どうか、よろしくお願いいたします」

あ、薬師ギルドの人たちが頑なにエリクシールなんて存在しないって言っていたのは、手を尽くしても治す事ができなかった病気があるからなんだ。でも、薬師ギルドには申し訳ないけど、困っている人が居るのであれば、治してあげたい。

という訳で、薬師ギルドからもお墨付きを得られたので、冒険者ギルド経由で王城へ連絡してもらう事になった。

――火の国の大臣ヨゼフ――


「ヨゼフ様……ご報告が」

「どうした。何かあったのか?」

執務室で書類に目を通していると、天井裏から密偵が話しかけてきた。普段は毎晩決まった場所に、一日の活動報告を書いた紙が隠されている。業務中に話しかけてくるというのは余程の事だろう。

書類の束に無心で印を押しながら報告に耳を傾けていると、とんでもない事を言いだした。

「はっ! 冒険者ギルドに職員として潜入させている者からの報告によると、火の聖女について嗅ぎまわっている例の女冒険者が、どうやらエリクシールに近しい効能を持つポーションを手に入れたようです」

「な……何だとっ!? ……こほん。それは本当なのか?」

「おそらく。薬師ギルドの者が鑑定を行い、『本物を見た事がないから断定はできないが、これまでにない程のすごい効能が見込まれる』という結果が出ているそうです」

「なんと……まさか、本物なのか⁉　エリクシールのようなポーションが存在し、ましてや持って来る者が現れるとは」

ぐぬぬ……そのエリクシールもどきが本物で、火の聖女を治してしまったら、また面倒な事になってしまう。

件《くだん》の冒険者は、アトロパテ出身ではない者も大勢居る王都へ辿《たど》りついてしまったので、女王の――ヤルミラの全国民に話しかける力を使っても効果が薄い。アトロパテ生まれでない者には、あの力は及ばないのだ。

「何とか冒険者ギルドで止める事はできぬか？」

「無理です。冒険者ギルドも薬師ギルドも、特定の国には属さない組織です。そこを何とかできるのであれば、すでにやっています」

「となると、次はそのポーションが本物か否か、王城側での鑑定か。誰が鑑定するのだ？」

「まだ確定しておりませんが、おそらく宮廷薬師の誰かかと」

「あそこか。変わり者が多いという噂を聞くが、買収に応じそうな者は何人くらいいるのだ？」

「残念ながら、宮廷薬師たちや宮廷魔術師たちは、金よりも研究に打ち込みたいという者が多く、買収は難しいかと」

くっ……せっかく、火の聖女をかなり弱らせたというのに。また振り出しに戻るのか⁉

「その女冒険者は何者なのだ⁉　情報はないのか⁉」

「残念ながら、他国……しかも遠く離れたフランセーズから来ているようなので、詳細な情報はありません」

「しかし、どうしてフランセーズなどと遠く離れた場所から……いや、あの女を調べるのは後だ。今は対策を考えなければ」

よくよく考えたら、わざわざフランセーズからアトロパテまで来て、火の聖女の事を嗅ぎまわっていたのだ。何か特殊な理由があって来たと考えるべきだというのに、こいつはそれを調べもしていない。

これでは、あの女を始末しても良いかどうかすら……いや、それが最善か。

「城の兵士は動かせるな？」

「はっ。兵士であれば、三割が我らの手の内です」

「よかろう。冒険者ギルドから、依頼の結果が報告されるだろうが、それはワシが止めよう。要はヤルミラの側近共の耳に入らなければ良いのだ」

そうだ。ヤルミラがワシを無視して、直接ギルドに依頼などを出すから面倒な事になったのだ。

だが、これまでもエリクシールを見つけた者は現れなかったし、これからも現れない事にすればよい。エリクシールなど、ただの伝説でしかないのだ！

「畏《かしこ》まりました。エリクシールの件については、冒険者ギルド内で薬師ギルドの鑑定結果について、稟議《りんぎ》が回されているところです。ギルドマスターが承認した後、王宮へ報告があるので、そこを我らで情報統制します」

「うむ。それから、例の冒険者は王宮に招いておけ」

「よろしいのですか？」

「あぁ。そして適当な理由を付けて投獄せよ。もちろん外部に……特にギルドには知られぬようにな」

「承知しました」

このまま火の聖女が衰弱しきって死ねば、魔を封じる者はいなくなる。

あと少し……あと少しだ！

＊＊＊

薬師ギルドによる超級ポーションの鑑定が終わった後、エリクシールを持って来るという依頼を達成したという事で、冒険者ギルドの女性職員さんと一緒にお城へ。

「止まれ！　ここから先は許可された者しか通る事は許されぬ！」

「私たちは冒険者ギルドの者です。事前にご連絡させていただいた通り、例の薬を見つけた者を連れて参りました」

「例の……か。そこで少し待つように」

前回同様、兵士さんに止められたけど、ギルド職員さんが一緒だったので、今度は対応してくれた。ようやく火の聖女に会えるわね。

それから少し待っていると、先程の兵士さんが戻ってきた。

「確認できたので、通るが良い。真っ直ぐ進み、六番の通路へ行くように」

王族がいるお城だし、通って良い通路とかが細かく決められているみたいね。

「六番通路……ですか？　ギルドの仕事で来させていただいた時は、いつも三番通路なのですが」

「だが、こちらの指示書には間違いなく六番通路と書かれている。そちらへ行くように」

「わ、わかりました」

ギルド職員さんが首を傾げながらも、私たちを案内してくれる。

「すみません。さっき話に出ていた六番の通路とは？」

「えっと、六番通路っていうのは、王族や貴族などの偉い人たち専用で、普通の人が使ってはいけない通路なんですよ。ですので、私も初めて通るんですが……あー、女王様からの直接の依頼だから、この通路なんですかねー？」

なるほど。という事は、お城にいる他の方たちに見つかる事なく、女王様とか火の聖女に会えるって事ね。極力目立ちたくないし、私にとっても良いかも。

先導してくれる職員さんについて、細くて薄暗い通路を通って行くと、小さな部屋に着いた。

小さな机と椅子があるだけで窓すらなく、入って来た扉の反対側に同じような扉がある。

「この部屋は私も初めてですが……あ、奥の扉に鍵がかかっているので、ここで待てという事ですかね」

「椅子がありますし、座ります？」

「そうですね。流石にそれくらいで怒られることはないでしょうしね」

先程職員さんが言っていた通り、女王様直々の依頼だから、普段とは違う場所で手続きとかをするのかな？

そんな事を考えながら待っていると、しばらく……というか、かなり経ってから扉が開き、二人の兵士が現れた。

「お待たせして申し訳ない。この度は、冒険者ギルドへ依頼していたエリクシールを入手していただけたと聞いているのですが」

「はい。こちらのアニエスさんが所有していたのですが、フランセーズのS級薬師、ソフィア様が作られた超級ポーションとの事です」

「ほぉ、フランセーズの。わかりました。効果はギルドで確認済みという事でよろしいのですか？」

「えぇ。薬師ギルドの職員に来てもらい、鑑定してもらっております。こちらが薬師ギルドが発行した鑑定書です」

そう言って、ギルド職員さんが封書を取り出し、男性に手渡す。

その中に何が書かれているのか私は知らないけど、二人の男性が何度も書類とポーションを見比べ、サインをして職員さんに書類を返す。

「確かに受け取りました。では、最後にギルドではなく宮廷薬師が効果の検証を行います。ギルドの職員さんはここまでで、この先はアニエスさん御一行のみどうぞ」

「え？　あ、はい。わかりました」

「このポーションでしたら、きっと大丈夫ですよ。鑑定を行った薬師ギルドの職員は、私の幼馴染で、真面目が服を着て歩いているような者です。いい加減な仕事は絶対にしませんから」

ギルド職員さんが兵士さんたちに一礼し、元来た通路へ引き返すと、残された私とコリンと子狐姿のイナリは、奥の扉へ進むように促された。

その先はさらに細長い通路となっていて、坂道を下っているように見える。地下へ行くのかな？

そんな事を考えていると、私の考えを読み取ったかのように、兵士さんが口を開く。

「先程のギルド職員から聞いているかもしれませんが、ここは緊急時に使う特殊な通路です。一旦地下に下りますが、最終的に目的地へ着くので心配しないでください」

「そうなんですね。わかりました」

「お姉ちゃん。いかにも秘密の通路って感じでワクワクするね！」

コリンは嬉しそうにしているけど……男の子が喜ぶポイントがよくわからないかも。

私は地下通路っていうと、ちょっと怖いんだけどな。

とはいえ、火の聖女に会うためには行くしかない。狭くて細い通路を進み、どんどん地下へ下りていく。すると、今度は通路の両脇に扉が幾つも並んでいた。兵士さんはその中の一つの扉を開けて、中に入る。

そこは先程の小さな部屋よりもさらに狭く、椅子すらない部屋だった。しかも、さっきの部屋は綺麗だったけど、この部屋は何年掃除していないの？　と思える程に汚くて、空気もカビ臭い気がする。

「担当者が参りますので、ここでしばらくお待ちください」

「わ、わかりました」

部屋のあまりの汚さと閉塞感に、閉じ込められた⁉　と思ってしまったけど、兵士さんたちが鍵を掛けた様子はなく、そのまま扉を閉めただけだった。

なので、ものすごく高い位置に小さな窓が一つあるだけの何もない部屋で、素直に待つ事しばし。

……誰も来ない。

お城だし、いろいろと手続きとかがあるのかな？　と思って待ってみるけど、やっぱり誰もやって来なそうだ。

「うーん。結構待ったけど、誰も来ないわね」

「お姉ちゃん。この部屋、変な虫がいるよー！」

「ふむ。近くに誰かが居る様子もないし、出てみても良いのではないか？」

かなり待ったし、コリンの言う通り部屋の隅に小さな虫がいるし、一旦部屋を出よう。

「じゃあ、ちょっと外に……」

ドアノブを回そうとしたけど……回らない⁉

「あ、あれ？　ドアが開かないんだけど！」

「お姉ちゃん。ボクが開けるよー……って、本当に開かない！　どうなってるの⁉」

私とコリンが困っていたら、イナリが人の姿になって扉の方にやって来た。

「どれ、貸してみよ……む？　ドアノブに触れただけで壊れたのだが」

イナリがノブに触れた瞬間、ノブが粉々になり、ひとりでにドアが開く。

普通はノブを触っただけでドアが壊れたりしないよね？　私とコリンが触っても何ともなかったし、古くなって劣化していた……なんて事はなさそうな気がする。

……さ、最初からドアノブが壊れていた事にしよう。実際、開かなかったし。

「えーっと、お手入れができていない部屋みたいだったし、壊れていたのかもね。とりあえず、誰かを呼びに行きましょうか」

「う、うん。きっと壊れていたんだよね。それよりお姉ちゃん、どっちに行くの？」

「来た道を戻っても誰も居ないと思うし、奥へ進みましょうか」

部屋を出て、通路の奥を目指して歩いて行くと、私たちが居た部屋と同じドアが続いていた。その内の一つをノックしてみたけど中から返事はないし、人の居る気配もない。

「誰も居なそうね」

「その扉の向こうを含め、このあたりに人はいないな」

先程私たちが居た部屋のノブが壊れていたので、この扉はどうだろう……と回してみたけど、やはりドアは開かない。どうやら鍵がかかっているみたいだ。

「ふむ。では我が……」

「待って！　イナリが触ったら、また壊れたり……あぁぁぁっ！　イナリーっ！」

「うーん。また触れただけで壊れたな。おそらく、このノブ……というか、この扉は魔力のような力を使って閉じておるようだな」

「その扉が、どうしてイナリが触れただけで壊れちゃうのよっ！」

「扉に込められている魔力が、我の魔力と比べると小さ過ぎるからではないか？　まぁ、かといって、普通の扉でも我が力を込めれば簡単に開くのだがな」

うーん。イナリの言う通りだとすると、やっぱり兵士さんたちは、私たちをあの部屋に閉じ込めようとしていたのかしら。

だけどギルドの依頼を達成して来た訳だし、その上女王様が依頼したというエリクシールに近しい効果のポーションを持って来たんだから、閉じ込める……なんて事はしないと思うのよね。

それに、あのポーションを奪って私たちを閉じ込めるならまだ分かるんだけど、ポーションは私の手元にあるから、それも違う。

一体、どういう事なんだろう。

「アニエスよ。この部屋もそうだが、あの窓の高さに、狭い部屋。何か思うところはないか？」

「え？　そうね。掃除が大変……とか？」

「そういう事ではない。我は、これらの部屋は牢屋……それも、独房だと思うのだが」

独房!?　でも、イナリの言う通り独房だとすると、このポーションはどうするの？

そんな事を考えていると、奥から人の声が聞こえてきた。

「奴ら、今頃どうなっているでしょうね」

「さぁな。とりあえず、もうあそこから出る事はできないだろう。一生な」

私たちを案内してくれた兵士さんたちの声に似ているかも……と思っていると、しばらくして思った通りの兵士さんたちの姿が見えた。

「な、何っ⁉　お前たち、どうやって独房から出たんだっ！」

「お、応援を呼んで来ます！」

「い、いや、それは待て！　この件が他の兵士たちにバレるのもマズい。ヨゼフ様にだけお伝えするのだっ！」

そう言って、兵士さんの一人が逃げるようにして奥へと走っていく。

「ふむ。よくわからぬが、アニエスは我の後ろに。そこのお主、アニエスに手を出そうとするなら、命の保証はせぬぞ？」

「だ、誰だお前はっ！　この通路へどうやって入ったんだ！」

イナリが本来の姿のままで前に出たから、兵士さんが狭い通路の中で槍を構える。

ど、どうしよう。イナリが私を守ってくれようとしているのはすごく嬉しいし、頼りになる。だけど兵士さんにイナリの事をどうやって誤魔化せばいいか、全く分からない。

「ぐっ……」

「え？　だ、大丈夫ですかっ⁉」

誤魔化し方を考えていたら、突然兵士さんがその場に倒れ、眠ってしまった。

イナリが何かしたのかと思ったけど、何も見えなかったし……一体、何が起こったの⁉

「イナリ……今、何が起こったの？」

「あぁ、ただ眠ってもらっただけだ。どうせ、こやつは下っ端であろう？　真相を聞き出せるとは思えぬからな」

なんだ、やっぱりイナリだったのね。眠ってもらったって、どうやったんだろう？　眠らせる魔法とかがあるのかな？

「命に別状はないし、しばらくは起きぬから、その間に別の者から事情を聞けば良いであろう」

「さっき、向こうへ走って行った、もう一人の兵士さんとか？」

「いや、むしろこの者が叫んでいた、報告相手に聞くのが一番だな」

「えーっと、確か……ヨハネ様？　とかって呼ばれていた気がするんだけど、その人が担当者さんなのかな。とりあえず、この人が起きるまでに探し出すしかないわね」

とはいえ、床に倒れた兵士さんを放置しておく訳にもいかないので、座らせて壁に凭《もた》れさせると、空のポーションの瓶に、神水を入れておく。

もしも身体のどこかに異変を感じたら飲んでください……とメモも残しておいたので、きっと大丈夫だろう。

「アニエスよ。それでは、我らが何かしたという証拠にならぬか？」

「証拠も何も思いっきり遭遇しているからね。私たちがこの人を眠らせたのは事実だし、万が一のためにね」

メモと神水を残したところで、イナリが走り出す。

とはいえ、イナリが本気で走ったら私とコリンがついて行けない事は分かっているので、私たちの速度に合わせてくれているけど。

薄暗くて細い通路なので、転ばないように気をつけながら、三人で通路を走り……分岐点に差し掛かる。

ここまでは一本道だったのに、どうして突然複雑になるのっ⁉

「アニエス、どっちへ行く？」

「え、えーっと、じゃあ……こっち！」

私が適当に選んだ方向へイナリが向かい、私たちも続く。

「お姉ちゃん。どうして、こっちなの？」

「え？　何となく……マッパーとしての勘かな？」

「なるほどー。じゃあ、ボクもお姉ちゃんの勘を信じるねっ！」

いや、あの、そんな確かなものではないし、ただの勘だし、あまり頼りにされても困るんだけど。

その後も何度か分岐点があって、私の勘で進んで行く。

……今更だけど、マッパーだって言っておきながら、どっちへ進んで来たか一切控えていなかったわね。なので最悪の場合、お城の地下で迷子になっちゃうけど、大丈夫かな？

とはいえ時間がないので、先程の兵士が目を覚ます前に……と心配しつつも突き進んでいると、頑丈そうな扉が現れた。

「この扉は……やっぱり鍵がかかっているわね」

「ふむ。非常事態という事で、これくらいは許してもらおうか」

「え？　イナリ……あーっ！」

「まぁ見た目にはバレないであろう。それより、先へ進むのだ」

イナリが具現化魔法で黒い剣を生み出して、扉と壁の隙間を音もなく斬ってしまった。器用に鍵の部分だけを斬ったみたいで、ノブを回さずに引くだけで扉が開く。

そのため、三人で通った後に元通りに扉を閉めておけば、見ただけでは鍵が壊されているというのはバレないはずだ。実際、兵士さんの事だけでなく、魔の力の事も考えると、非常事態っていうのは本当なので、ひとまず許してもらおう。

扉の先は延々と上り階段になっており、上に何があるのかは見えない。

……結局、勘頼りで来たけど、あの兵士さんは、この道を通ったのかな？

不安に思いながら階段を上りきると、細い通路の先で道が途絶えていた。

「う、嘘でしょ!?　ここまで来て、行き止まり!?」

「待つのだ。……この壁の向こう側に誰か居るな。壁に隙間もあるし……隠し通路ではないか？どうにかすれば、この壁が動きそうだ」

そう言って、イナリがしばらく何かを調べ……不意に手を止める。

「何か分かったの？」

「うむ。いちいち調べるのが面倒だという事が分かった」

「え？　イナリ。それってどういう意味なの？」

「うむ。こうすれば手っ取り早い」

「ちょ、ちょっとイナリっ!?」

イナリが先程扉の鍵を斬った黒い剣を出したかと思うと、止める間もなく壁を斬った。

斬ったその時点ではほとんど音がしなかったんだけど、少し遅れてガラガラと大きな音を立てて壁が崩れる。

「なっ⁉　何事だっ⁉」

当然だけど、中に居た人に気づかれたみたいで、女性の声が響き渡る。

その女性は、二十代後半くらいだろうか。すごく長いドレスに身を包み、ティアラやネックレスといった綺麗な装飾品をたくさん身に着けていた。

気品溢れる佇まいの女性が驚いているので、とにかく謝ろうと思って一歩踏み出すと、その女性がすごい形相で睨みつけてくる。

「くっ！　直接モニカの部屋に乗り込んで来るとは！　妾以外立ち入り禁止としている事を知っての……まさか近衛兵に裏切り者が居るのか！」

「ち、違うんですっ！　ごめんなさいっ！　ギルドの依頼で来たんですけど、道に迷ってしまって！」

「道に迷って、ここに出る訳なかろう！　下手な言い訳をするでないっ！　何者だっ！」

「本当なんですっ！　冒険者ギルドの依頼でエリクシールを持って来たら、地下に通されて……」

「待て！　エリクシールだと⁉　どういう事なのだ？」

エリクシールと聞いて、先程まで警戒心がすごかった女性の声が若干和らぐ。

ただ、依然として向けられる視線は厳しいけど。

「アトロパテの女王様が、冒険者ギルドへ、エリクシールという薬の入手を依頼されたと思うんです。それで、エリクシールそのものではないのですが、同じくらいの効能があるポーションをお持ちしたんです」

「……同じくらいの効能というのは、誰かが確認したのか？」

「薬師ギルドの職員さんが鑑定してくれました」

「ふむ……見せてみよ」

言われた通りに超級ポーションを取り出すと、女性は手に取ってしげしげと見つめる。

その直後、何故かイナリが怒鳴りだした。

「アニエス！　その者から離れるのだ！　何かは分からぬが、その者は魔法を使っておる！」

「え？　鑑定魔法とかではなくて？」

「違う。そういった類の魔力の動きではない。微弱な魔力をそこら中にバラまくような……待てよ。もしや、こやつか！　城の中から念話を送っていたのは！」

「あ、王都に着いたばかりの時に言っていた、あの話？」

「うむ。その者は時間稼ぎをしていて、仲間を呼んでいるのかもしれぬ」

イナリが私を庇《かば》うように前へ出ると、今の話を肯定するかのように奥の扉が開いて、剣を手にした三人の女性が入って来た。

「ふむ。アニエス……少し力を出しても良いか？」

「待って！　イナリが本気を出したら、大変な事になっちゃうから！」

「いや、本気は出さぬ。せいぜい、二割程度だ」

二割って言うけど、ドラゴンを秒殺するようなイナリだよ？　二割でも十二分に大変な事になると思う……というか、そもそもお城の中で戦っちゃダメだから！

「ヤルミラ様、お怪我はございませんか？　この者共を排除してよろしいですね？」

「そこの三人！　武器を捨てて降伏するのであれば、投獄で許してやろう」

「いや、ここをモニカ様の部屋と知っての狼藉……絶対に許さぬ！」

現れた女性たちはそれぞれ剣を構え、ものすごく殺気立っている。

きっと、このヤルミラと呼ばれた女性が指示すれば、すぐにでも襲いかかって来るだろう。

そうなると、確実にイナリが反撃して……絶対にマズい事になるっ！　何とかして止めなきゃ！

だけど、私が動く前にヤルミラさんが口を開く。

「待て！　誰がこの部屋で剣を抜いて良いと言った！　今すぐ、武器を収めよ！」

「しかし、ヤルミラ様！　お言葉ですが、向こうの男も……」

「妾が武器を収めろと言っておるのだが、従えぬと申すのか？」

ヤルミラさんが先程のような厳しい視線で三人の女性を見つめると、その女性たちは慌てて剣を収めて、その場に跪《ひざまず》く。

「話の途中なのに、すまなかった。ところで、このポーションは一本しかないのか？」

「一応、何本かはありますけど……」

「わかった。よし……そこのお前。このポーションを半分飲め」

「……か、畏《かしこ》まりました」

ヤルミラさんが適当なグラスを取り出し、そこへポーションを半分注ぐ。指名された女性が恐る恐るといった様子で、グラスに注がれたポーションを口にして……目を見開く！

「す、すごい！　身体が……温かいです！　何というか、疲れが全て吹っ飛んでしまったようです！」

「ふむ。他に変わったところは？」

「そ、そうですね。……あ！　昔、魔物との戦いでついてしまった、古傷が消えていますっ！」

「なるほど。効果は本物という訳か……すまなかったな。何か手違いがあったのか、妾のところへ報告が来ていないようだ」

そう言って、ヤルミラさんが私たちに頭を下げる。

「あの、報告が来ていないって……まさかとは思いますが、ヤルミラさんって……」

「うむ、この国の女王だ」

あぁぁぁ、やっぱり！

勘が良いのか悪いのか……迷路みたいな通路を進んできたら、アトロパテの女王様のところへ来てしまった。

「……い、イナリ。どうしよう。普通に担当者さん？　のところへ行くつもりだったのに、全然違う場所に出ちゃった」

「そうなのか？　我は、魔力の強いところへ向かって居るから、最初からここを目指していたのかと思っておったのだが」

「流石にいきなり女王様のところは、いろいろとすっ飛ばし過ぎでしょ」

「ふむ。手間が省けて良かったではないか」

いやまぁ最終目的地はここだったのかもしれないけど、こういうのって、間を飛ばされた人が怒るんじゃないの？

まぁイナリの言う通り、手間が省けたのは事実だけどね。

「それよりヤルミラさん。ポーションは開封したら早めに飲んでいただきたいのですが」

「そうか。いや、エリクシールを必要としているのは妾ではないのだ。娘がずっと、原因不明の病に苦しんでいてな」

「ヤルミラさんの娘っていうと……王女様？　という事は火の聖女!?」

「その通りだ。娘が……モニカが無事に治ったら、いくらでも報酬は払う。ついて来てくれ」

ヤルミラさんが超級ポーションの残り半分を持って立ち上がると、三人の女性が入って来たのとは別の扉へ。

言われた通りついて行くと、そこには広い部屋に大きなベッドがあって、誰かが――幼い女の子が横たわっていた。

長い淡いピンク色の髪が綺麗な、赤い瞳の十歳に満たないくらいの女の子で、とても可愛らしい顔だ。でも今はその表情は暗く、青白い。

そして何より気になるのが、ヤルミラさんに上半身を起こされた女の子の後ろに、影とは違う暗い靄《もや》のようなものが見える……気がする。

「モニカ……薬だよ。飲めるかい……」

「ん……ママ？　今日のお薬はもう飲んだよ？」

「いや、これはいつものとは違うんだ。少しだけ飲んでおくれ」

「う、うん……あっ！　ほ、本当だ！　ママ、私……苦しくないっ！」

モニカと呼ばれた女の子が、ヤルミラさんに言われて超級ポーションを口にする。すると、目を丸くしたモニカちゃんの顔に赤みが差していく。

「モニカ！　顔色が……どんな薬を試してもダメだったのに！」

「う、うん……あっ！　うぅ……」

「む、無理をしなくても良いの！　横になって……」

「ち、違うの。何かが……私の中から、何かが出て行ったの。でも、すぐにまた入って来ようとしているの」

どういう事だろう。

神水を使った超級ポーションで、一時はすごく顔色が良くなったんだけど、すぐに辛そうな顔に戻ってしまった。

「は、半分だけだったからか!?　すまぬ！　急いでポーションをくれぬだろうか！」

「あ、はい！」

「待つのだ！　アニエスよ。これは……いくらそのポーションを飲んでも同じだ。この童女には呪いがかけられておる。ポーションではなく、神水をそのまま飲ませるのだ！　先程のポーションで、この童女に体力がある内に！」

イナリの言葉を聞き、空になったポーションのビンに神水を注いで、それを差し出す。

「これは、お主が水魔法で出しただけの何の変哲もない水ではないのか？　お主を疑った事は謝罪する。だから先程のポーションを……」

「違うんです！　それはあのポーションを作った材料の一つ……というか、一番肝心な神水です！」

「神水？　神水とは……確か、水の聖女が生み出す事ができるという、万物に効く薬――エリクシールの別名ではないのか⁉」

「私がその水の聖女なんですっ！　それより早くっ！」

「わ、わかった！」

ヤルミラさんが目を白黒させながらも、神水をモニカちゃんに飲ませると……モニカちゃんの背後にあった暗い何かが消え、穏やかな表情に変わる。

あの影みたいな何かが、イナリの言う呪いだったのだろうか。ドキドキしながらモニカちゃんを見ていると、年相応の可愛らしい笑みを浮かべた。

「ママ……ありがとう。すごく、楽になったよ」

「モニカ！　大丈夫なのか⁉」

「うん！　私はもう、大丈夫なの……」

「モニカ⁉　モニカっ⁉　そ、そんな！　まさか水の聖女だと騙《だま》され……」

「すぅ……」

「え？　……ね、眠ったのか。……こほん。すまない、醜態を晒したな。モニカは可愛い一人娘ゆえ、どうしても大切にしたくてな」

気持ちよさそうに眠るモニカちゃんの前で、ヤルミラさんが一瞬優しいお母さんの表情をし、再び女王としての顔に戻る。

王族って本当に大変そうよね。……私の知っている王族は、全然大変そうではなかったけど。

とあるバカ王子の事を思い出していると、ヤルミラさんが立ち上がって深々と頭を下げる。

「お主たちのおかげで、我が娘モニカの笑顔を見る事ができた。礼を言う。本当にありがとう」

「あ、いえ。私も王女様が元気になって嬉しいです」

「王女様……いや、お主らは娘の命の恩人。もっとフランクに呼んでもらって構わぬぞ」

「え……で、ではモニカちゃんで」

そう言ってから、幼い女の子とはいえ、一国の王女様をちゃん付けで呼んでも大丈夫かな？　と少し不安になったけど、ヤルミラさんの表情を見る限り、問題ないみたい。

けど、火の聖女とかを抜きにして、苦しんでいるモニカちゃんを治す事ができて、本当に良かった。

「しかし、そちらの者が言っていた、呪いというのは一体何なのだ？」

「うむ。その童女……火の聖女には、誰がかけたかは分からぬが、徐々に衰弱し、いずれは死に至る呪いがかけられておった」

「衰弱し、死に至る呪い……女王である妾ではなく、モニカにそのような呪いをかけたのは何故だ？」

イナリから呪いの事を聞いたヤルミラさんがそう呟き、目を閉じる。

おそらく、犯人の心当たりを考えているのだろう。ただ、女王であるヤルミラさんではなく、娘であるモニカちゃんを狙った理由……これはおそらく、私たちがここへ来た理由がそのまま当てはまるのではないだろうか。

「ヤルミラさん。私たちはモニカちゃんを――火の聖女を探してフランセーズから来たのですが、おそらくその理由こそが、モニカちゃんが狙われた原因かと」

「ど、どういう事だ⁉」

「順を追って話しますが……こちらの方々は信頼できる方たちと思って良いですか？」

ヤルミラさんの指示で剣を収めた三人の女性は、未だに足元で跪《ひざまず》いている。

護衛という立場だからなのか、彼女たちもいつの間にか隣の部屋からモニカちゃんの居る部屋に移動してきていた。

「あぁ、もちろんだ。この階に立ち入れるのは、素性の調査、日々の言動、活動実績などを大臣のヨゼフが総合的に評価し、合格した女性だけだからな」

「わかりました。では、どうして私たちが火の国へやってきたのかをお話しします」

困惑するヤルミラさんを前に、鉄の国ゲーマで魔の力の封印が解かれて城が崩壊した事と、その魔の力が封じられていたと思われる場所に、火の聖女の印が描かれていた事を伝えた。

「つまり、火の聖女であれば、魔の力を封じる事ができるのではないか……と、水の聖女であるアニエス殿がアトロパテまでやって来たという事か」

「その通りです。今まではミアちゃ……土の聖女と協力して、魔の力に汚染された土地を浄化してきました。ですが、それでは後手に回ってしまいます。魔の力の元を封じないといけないと思うんです」

一通り話し終えると、ヤルミラさんは何かを考えるように無言で目を閉じた。

同じ部屋にいた三人の騎士さんたちは、私の話が唐突過ぎたのか、何か三人でヒソヒソと話していた。

「……まさか、水の聖女が現れるなんて。これはヨゼフ様にご報告しなければ」

「……火の聖女を亡き者にすれば、魔の力を邪魔する者など何もないという話だったのだが、水の聖女と土の聖女が魔を浄化できるとは」

「……とりあえず、水の聖女を亡き者にする必要があるのでは？　もちろん、秘密裏に」

声が小さ過ぎて何を話しているのかは分からないけれど、まぁ魔物が強くなってしまう魔の力だなんて聞いたら不安になるわよね。

「水の聖女アニエス殿。遠い地から、火の聖女の力を求めて訪ねて来た理由については承知した。もちろん、モニカの命の恩人であるアニエス殿には火の国の名に懸けて、協力しよう」

「ありがとうございます」

「しかしながら、妾たちがそれに応えられるかは、また別の話だ。見ての通り、火の聖女であるモニカは幼い。先日、十歳の誕生日を迎えたばかりなのだ。このモニカに、魔の力を封印する力があるとは思えぬのだ」

そう言って、ヤルミラさんがモニカちゃんに目を向ける。釣られて私も見てみると、ミアちゃんよりもさらに幼いモニカちゃんがスヤスヤと眠っていた。

火の聖女は十歳の女の子……だけど今まで呪いに蝕まれていたせいか、もっと幼く見える。

しかも、母親は一国の女王様で、彼女自身も王女様。危ない場所へ連れて行くのは難しいかも。

さて、どうしようか。


——火の国の大臣ヨゼフ——


「ヨゼフ様！　火急のご報告が」

「例の冒険者か。投獄したのだな？」

「はい。ですが、どうやらその者は普通の冒険者ではなく、水の聖女だという話でした」

「何だと!?　水の聖女……な、何故だ！　何故、水の聖女がこの火の国へ来ているのだっ！」

水の聖女といえば、太陽の聖女と同じく治癒系の力を持つ聖女だと、古文書に書かれていた。

かなり苦労して火の聖女に呪いをかけたというのに、治されてしまっては水の泡ではないかっ！

「あの冒険者が水の聖女だというのは確かなのか？」

「はい。水の聖女が女王の目の前でエリクシールを生み出し、火の聖女の呪いを解くところを、この目で見ました」

「な、何ぃぃぃっ!?　くっ！　……待て。投獄したはずの水の聖女が、何故火の聖女に会っているのだ!?」

「調べたところ、牢が破壊され、我らの息がかかった兵士が気絶させられていました。おそらく、水の聖女と一緒に居た者が相当の使い手であるかと」

水の聖女と一緒に居たのは、幼い子供という話ではなかったのか？　一体、どうなっているのだ！

……いや、火の聖女モニカも子供か。水の聖女と一緒に居る子供も、何か特殊な力を持っていると考えるべきか。

「その者たちを、脱獄の罪で捕らえるよう兵士たちに指示するのだ！」

「無理です。女王より、水の聖女を国賓として扱うようにとの命がすでに出ております。あと、誤って水の聖女を投獄した者に対して聞き取りを行うとも」

「チッ……分かっているとは思うが、絶対にワシの名は出させるなよ」

「もちろんです。聞き取りには我々も立ち会いますので、最悪その場で口を封じます」

まったく。何か言い訳を考えさせねばな。

まぁ末端の兵士共はワシの名前さえ出さねば、どうなろうと構わんが。

「ところで奴らが今どこに居るのかは押さえておるのか？」

「はっ！　今は王城の貴賓室におります。詳しい話は聞けておりませんが、水の聖女は火の聖女をゲーマへ連れて行きたいようです」

ゲーマとなると、かなり遠いな。水の聖女から強い要望があったとしても、娘を溺愛するヤルミラが許可を出すか？

いや、娘の命の恩人の依頼となれば、ヤルミラも許可を出す可能性があるな。

ヤルミラが国を離れるはずがない……とは言い切れないが、護衛に親衛隊を――ワシの息がかかった者を連れて行くだろう。

「ふむ。火の聖女の呪いが解かれたのは想定外だったが、ゲーマへ連れて行くというのは良いな」

「……と申しますと？」

「ふっふっふ。遠く離れたゲーマの地だ。何が起こっても不思議ではないだろう？　例えば幼い火の聖女と、同行していた水の聖女が何者かに襲われて亡き者になったとしても」

「なるほど。そういう事ですか」

「うむ。ヤルミラの離れた者に声を届ける魔法は、対象はアトロパテの者のみだ。しかも一方的に届けるだけで相手の返答を聞く事はできないから、ゲーマの地で何が起こったのか、ヤルミラが知る術はない」

仮にヤルミラが同行するようであれば、その場でヤルミラも亡き者にすれば良いだけの話だ。

ヤルミラの離れた者に声を届ける魔法には利用価値があるが、なければないなりに別の方法を考えれば良い。

「よし！　ワシも水の聖女の意見を推し、火の聖女をゲーマへ派遣するように仕向けよう。お前たちも同行し、ゲーマ国で二人の聖女を亡き者にするのだ」

「御意」

「良いか。ゲーマにはおそらく船で向かう事になるだろう。船の上では警護に努めよ。あくまで、ゲーマの国内で実行するのだ。そして、責任をゲーマに押し付けるのだっ！」

はっはっは！　災い転じて福となすとはこの事か！　火の聖女だけでなく、水の聖女まで亡き者にできるとはなっ！

はーっはっはっはーっ！

第四章　恋に恋するモニカ

超級ポーションと神水を飲んでもらい、いつも苦しそうだったというモニカちゃんがスヤスヤと穏やかに眠るようになった。

とはいえ、一晩様子を見ようという事で、今日はお城に泊まってほしいとヤルミラさんに言われ……その翌朝。すごく豪華な夕食をたくさん食べて、フカフカのベッドで眠ったからなのか、イナリもコリンも起きて来ない。

「イナリ、コリン。美味しそうな朝食が片付けられちゃうわよ」

扉をノックして部屋の外から呼びかけたけど、やっぱり眠り続けているようだ。

仕方がないので、私だけでも用意してもらった朝食をいただこうと、昨日夕食を食べた大きな長い机のある部屋へ行くと……

「あ、お姉ちゃん！　おはよう！　昨日の夕食もすごかったけど、朝食もすごいよー！」

「うむ。食べ放題というのはありがたいな」

すでにコリンとイナリが席について、大量の料理に囲まれていた。いつもは中々起きない二人なのに、私よりも先に来ていたのね。

まぁこの二人らしいといえばそうなんだけど……とりあえずイナリが早く食べ過ぎるので、メイドさんが大変そうだから程々にしてあげて。厨房でも悲鳴が上がっていそうな気がするし。

三人で美味しい朝食をいただき、一旦部屋に戻ろうと思っていたら、慌てた様子でメイドさんが走って来た。

「あ、アニエス様っ！　アニエス様ーっ！」

「何でしょうか？」

「モニカ様が……モニカ様が目覚められましたっ！」

肩で息をするメイドさんに案内され、イナリとコリンと共にモニカちゃんの部屋へ行くと、ヤルミラさんがモニカちゃんを抱きしめていた。

「モニカ……本当に良かった」

「ママー。嬉しいけど、ちょっと痛いよー」

「ふふ、ごめんね。こうして元気になったモニカを抱きしめられるのが嬉しくてね」

今まで寝込んでいたモニカちゃんがやっと元気になったんだものね。そのまましばらく抱き合った後、ヤルミラさんが立ち上がり、こちらへ向かってくる。

「アニエス殿。見ての通りモニカが無事に目を覚まし、元気に起き上がる事ができた。改めて礼を言う。……モニカ。こちらの女性がモニカの呪……病気を治してくれた水の聖女、アニエス殿だ」

「アニエス様。病気を治してくださって、ありがとうございます。いつも辛くて苦しくて、起き上がる事もなかなかできなかったのに、こうしてたくさんお話しできるようになって、本当に嬉しいです」

そう言って、モニカちゃんが深々と頭を下げる。

改めて良かったと思いつつ、幼いのにものすごくしっかりした子だなと感心させられる。

「私もモニカちゃんが元気になってくれて嬉しいわ。本当に良かった……でね、治ったばかりなのに申し訳ないんだけど、お願いがあるの」

「私に……ですか？　何でしょう？」

「あのね。火の聖女であるモニカちゃんにしかできない事があってね」

昨日ヤルミラさんに説明した、鉄の国ゲーマで起こっている事を話すと、モニカちゃんが大きく頷く。

「ゲーマという国で大変な事が起こっていて、私の力が必要なんですね？」

「えぇ。モニカちゃん、ヤルミラさん。火の聖女として、力を貸してください。お願いしますっ！」

「ママ……他の国がすごく困っているって。それを何とかできるのが私だけだというのなら、助けに行きたい。困っている人を助けてあげたいの」

話を聞いたモニカちゃんは、協力すると言ってくれた。

だけど、昨日と同様にヤルミラさんからは色良い返事は得られない。

「しかし、いくらアニエス殿の作った薬で治ったとはいえ、まだ病み上がりではないか」

「でも鉄の国では、まだ起き上がる事ができずに、困っている人が居るかもしれないんだよね？」

「し、しかしだな。鉄の国は遠い場所にあるのだ。そこまで行くというのは……」

「でもアニエス様は、その遠い鉄の国から来てくれたんだよ？」

「そ、それはそうだが……うぅ、わかった。ただ、一つ条件がある」

モニカちゃんの言葉で折れたけど、ヤルミラさんは先程までの困惑した表情から、真剣な表情に変わって私を見つめてくる。

「水の聖女であり、冒険者であるアニエス殿が一緒であれば安全なのであろう。だが、モニカはこのアトロパテの次期女王なのだ。万が一の事を避けるため、アトロパテの親衛隊を供にしてもらいたいのだ」

「はい。それはもちろん構いません。私たちも、その方が安心できますし」

モニカちゃんが自らヤルミラさんを説得してくれたおかげで、ゲーマに連れて行く事ができるようになった。

ただ、モニカちゃんとヤルミラさんの同意は得たものの、じゃあ出発します……という訳にもいかず、お城に居る偉い人たちが大勢集められた。

「良いか！　モニカとアニエス殿に万が一の事があっては決してならぬ！　全軍、モニカの護衛に就くのだ！」

「ヤルミラ様。お言葉ですが、流石にそれは無理というもの。このアトロパテの守りが手薄になってしまいます」

「構わぬ！　モニカに危険が及ぶのを防げるのならば、城の一つや二つくれてやる！」

「ヤルミラ様。ゲーマの国へ行くとなれば、海路になります。騎士団全員が乗れるような船など、この国にはありませんぞ」

何故か私も端っこで会議に同席させられているけど、すごい事になりそうね。

ゲーマへ来てほしいとお願いし、同行するのが私なので、仕方ないかもしれないけど。

『船か。海の上は魔の力の影響を受けないようだから、探知魔法で魔物の接近はわかるであろう』

「そうね。アトロパテへ来る時も、かなり助けられたものね」

私の護衛という名目で、椅子の下に居る子狐姿のイナリが念話で教えてくれるけど……飲み物代わりに出されたお肉を食べながら話すのはマナー的にどうなのかな？　念話だからセーフ？

とはいえ、このお肉がなければ、どれだけ時間が掛かるのかとイナリが怒りだしそうだから、助かってはいるんだけどね。

『しかし、我が探知魔法では魔物の接近は分かっても、人が何を考えているかまではわからぬ。大勢で行って、良からぬ事を考える者が混ざるよりは、少数精鋭の方が良い気はするな』

「なるほど。じゃあ、もしも話がそんな感じになりそうだったら、意見するわね」

そんな事をコソコソ話していたんだけど、私が言うまでもなく少数精鋭の護衛で行く事に。

大勢の……というか、正規の騎士団が他国に入るだけでもいろいろと問題になるらしい。

その結果、船で海の国タリアナへ着くまでは騎士団の精鋭が、そこから先はヤルミラさんの親衛隊がモニカちゃんの護衛をするそうだ。

「むっ!?　待て……ヨゼフよ。モニカの命の恩人である、アニエス殿は誰が護衛をするのだ!?」

「え？　そ、それは……」

「あ、大丈夫ですよ。私には、このシルバー・フォックスが居ますから」

モニカちゃんの護衛が決まり、ようやく会議が終わるかな？　と思ったら、ヤルミラさんが私の話を出してきた。だけど、私にはイナリとコリンが居てくれれば充分過ぎるから、モニカちゃんを守ってあげてほしい。

「ふむ。アニエス殿は冒険者だから、下手に我らが関わる方が、連携を阻害してしまうかもしれぬか」

「えぇ。ですから、私たちの事は気にせずモニカちゃんを守ってあげてください」

「わかった。ではアニエス殿の言う通り、全力でモニカを守るのだ！」

ヤルミラさんの締めくくりの言葉でようやく会議が終わり、コリンと合流する。

「お姉ちゃんもイナリも、お疲れ様ー！　出発の準備はできてるよー！」

「お待たせ、コリン。ごめんね、いろいろしてもらって」

「ううん。大丈夫だよー！」

コリンにお願いして、食料や水を買っておいてもらったので、それをイナリに異空間収納へ格納してもらう。

それから、港町まで馬車で連れて行ってくれるそうなので、待ち合わせの場所へ。だけど、しばらく待って……というか、かなり待っているのに誰もやって来ない。

「……ずいぶん遅いわね」

「そうだな……むっ、来たようだぞ」

「やっと来た……って、ちょっと待って！　馬車が豪華過ぎないっ⁉」

モニカちゃんが乗っているのと同じ馬車に乗るように案内されたんだけど、その……大きさもすごいし、派手だし、中も広いっ！

待って！　これ、本当に馬車よね？　中にキッチンがあって、コックさんやメイドさんが待機しているんだけど！

「アニエス様、コリン様、どうぞこちらへ」

「あ、はい。どうも」

メイドさんに席へ案内されたんだけど、馬車の座席がソファーで、テーブルがあって……外観だけでなく、内装もすごい馬車に乗せてもらい、港町ユザハへ向かう。

馬車の中では、ふかふかなソファーに座っていると、メイドさんがお茶を出してくれるし、少しも揺れないし……王族の馬車ってすごい！

ただ、何故かイナリは不満そうだけど。

『せっかくの乗り物だというのに、少しも乗っている感じがしないのだが』

「あー、揺れたりしないし、飲み物が出てくるし、乗り物というより王宮の一室って感じだもんね」

『そうなのだ。やはり乗り物は、乗っている感じがしないと面白くないではないか』

イナリが念話で話しかけてきたので、小声でこそっと返したけど、揺れないのが不満なのかな？

それなら窓から景色でも見てみたら良いのかも。

そう思って、子狐姿のイナリを抱きかかえ、窓から外が見えるようにしてあげると……あ、少しだけ嬉しそう。

「アニエス様。あの、そちらの可愛らしい動物は……」

対面に座るモニカちゃんが話しかけてきた。

「えっとね、シルバー・フォックスっていう魔物なの。でも、フランセーズで私がテイムした魔物で、少しも危なくないから安心してね」

「そうなのですね。えっと、少し撫でさせていただいても？」

「もちろん良いわよ。ちょっと待ってね」

モニカちゃんの希望に応え、窓から外を見ていたイナリを運び、小さな膝の上へ置いてあげた。

イナリは外を見ていたかったのか、それとも触られるのが嫌なのか、ものすごいジト目で私を見てくるけど、我慢してもらうしかないかな。

モニカちゃんも、イナリのもふもふ尻尾を触ってみたいよね。

モニカちゃんが遠慮がちに私を見つめてくるので、大きく頷くと、優しくイナリの頭や尻尾を撫で始めた。

「すごい……モフモフです！　ずっと触り続けていたくなってしまいますね」

「だよねー。わかるわかる。モフモフっぷりがクセになっちゃうのよ」

「はいっ！　この可愛らしいお姿に、つぶらな瞳。何と言っても、ふさふさモフモフのお身体は最高です！」

そう言って、モニカちゃんがイナリをぎゅーっと抱きしめる。

あぁぁぁ。モニカちゃんが大人びているから、すっかり失念していたけど、やっぱりまだ幼い女の子なんだよね。イ、イナリを……イナリを強く抱きしめないでっ！　結構、不機嫌そうにしているから。

だけど、流石に相手が子供だとわかっているからか、イナリはどこか諦めたような表情で、ぐったりしながら、されるがままになっている。

何とか助け出してあげなきゃと思っていたら、モニカちゃんがイナリを抱きしめたまま口を開く。

「あの、ところで……あのすごくカッコイイお兄様は、どちらへ行ってしまわれたのでしょうか？」

「……ん？　モニカちゃん。誰の話をしているの？」

「私がお薬を飲んで元気になった時、アニエス様の近くにいらっしゃった、銀髪の殿方の事です。何ていうか……あの人の事を考えていると、胸がドキドキしてくるんです」

そう言って、モニカちゃんが恥ずかしそうにしながら、腕の中にあるイナリを再びギュッと抱きしめる。

モニカちゃんに薬を飲ませた時に、私の近くに居た銀髪の格好良いお兄様……あー、うん。間違いなくイナリの事よね。ただ、そのお兄様はモニカちゃんに抱きしめられて、ぐったりしているんだけど……流石に言えないわね。

「あ、あの人は、アトロパテの王都ウーカブへ来るために、護衛として雇っていた冒険者さんなのよ。王都に到着してからもしばらく一緒に居てくれたんだけど、今は護衛の依頼期間が終了しちゃったから、今はもうどこに居るかわからないのよ」

「そうなんですか……残念です」

モニカちゃんがものすごく悲しそうにしているけど、これはイナリの本来の姿を絶対に見せないようにしないといけないわね。

それからしばらくモニカちゃんとお話しして、一つわかった事がある。

モニカちゃんは、恋に恋するお年頃だわ。

「アニエス様、コリン様。恋とはどのようなものでしょうか？」

「アニエス様は、あの銀髪の殿方の事をどう思っておられますか？」

「コリン様は、お……想い人はいらっしゃいますでしょうか」

うん。回答に困る質問ばかりよね。

恋がどのようなものか……私も知りたいくらいかな。無理矢理婚約させられていたけど、そんな感情は一切なかったし。それに、私がイナリの事をどう思っているか……って、ぐったりしているけど、目の前に本人が居るんだから、言えないわよっ！

「コ、コリン。想い人は居るの？　……って、何それ、美味しそう！」

「さっきメイドさんがお茶と一緒に運んできてくれたよ？」

「……美味しいっ！　サクサクで、甘過ぎずに、口の中で溶けてくみたい……っ！　ご、ごめんね、モニカちゃん」

コリンが食べていたクッキーがものすごく美味しそうで、つい手を伸ばしてしまった。

決して、答えにくい質問から話を逸らそうとした訳ではないからね？

「えっと、話を戻して、コリンは好きな人とかいるの？」

「うん！　もちろんお姉ちゃんだよー！」

「そう、コリンはお姉ちゃんが……って、私⁉」

「そうだよー！　当然じゃない」

突然コリンから、そんな事をサラッと言われたけど、あくまで姉。家族への好きだよねー……と考えていると、何故かモニカちゃんが少し拗ねていた。

ごめんね。家族愛的な話ではなくて、モニカちゃんは恋愛的な話が聞きたかったんだよね。でも、残念ながら私たちは、誰もそういった話ができそうもないのよ。

「えーっと、モニカちゃんは、どうして恋の話が気になっているの？」

「そ、それは……私が病気で外へ出られない間、ママやメイドさんがいろいろなお話を聞かせてくれたんです。その中で私が一番好きだったのが、王子様に恋したお姫様が、さまざまな障害を乗り越えて王子様と結婚して幸せになる話でして……」

なるほど。モニカちゃんは恋愛もののお話が好きだったのね。

それから、モニカちゃんがお気に入りの恋愛ものの物語について目を輝かせながら話してくれて……うん。興味がないからか、イナリとコリンが完全に寝てしまったわね。私は、結構共感できるから面白いんだけど……ただ、現実はなかなか物語みたいには上手く行かないのよね。

突然、意味不明に婚約破棄で追放されたりとか。まぁ結果的に良かったんだけどさ。

それから他愛のない話題に変わり、しばらく話しているうちに、馬車が静かに停止する。

「モニカ様、アニエス様、コリン様。これより、船にお乗り換えください」

メイドさんに案内されて馬車を降りると、ものすごく大きくて、若干怖いほどの無骨な船が目の前にあった。

私たちが護衛しながら乗って来た荷物の運搬船くらいの大きさがあって、とても頑丈そうだし、先端に大きな角みたいなのがあって……何かと戦うのかな？

「このような騎士団の船で申し訳ありません。ヤルミラ様より、我が国で一番安全な船を使うようにと指示がありまして」

「なるほど。確かに安全そうですよね」

ただ、正規の騎士団が他国に行くと問題になるって会議で言ってなかったっけ？　このすごい船って、正規の騎士団の船だよね？　とりあえず、問題にならないのであれば構わないけどさ。

そんな心配をしながら、乗船するためメイドさんについて階段を上がって行くと、馬車に続いて、王宮の一室と遜色がないくらいに豪華な船室へ案内される。

「アニエス様とコリン様は、こちらのお部屋をお使いくださいませ。なお、モニカ様は隣の部屋となっております」

「ありがとうございます」

「お食事はお部屋へお運びいたしますので、どうぞお寛《くつろ》ぎくださいませ」

メイドさんが一礼して去って行った後、部屋の中でイナリが本来の姿に。

「アニエス。我は普通の船に乗りたいのだが」

「さっきの馬車は全く揺れなかったけど、流石に船は揺れるだろうし、乗り物感は出ると思うよ？」

何とかイナリを宥《なだ》めていると、窓から外を見ていたコリンが、嬉しそうに声を上げる。

「お姉ちゃん、すごいよー！　船が動いているのに、全然揺れを感じないよー！」

「……」

「……」

イナリがものすごくがっかりしているけど、流石にこれはもう、どうしようもないかな。

しばらく窓の外を眺めていたイナリが子狐の姿になって、ベッドで不貞寝《ふてね》しようとしていたので、船内の探索に行こうと誘い、二人と一匹で部屋を出る。

「アニエス様。いかがですかな？　我が騎士団の船は」

皆で船内を歩いていると、お城で行われた会議に居た男性から声をかけられた。名前は知らないけど、確か騎士団の偉い人だったと思う。……たぶん。

「はい。海の上を進んでいるのに、全く揺れないので驚いています」

「はっはっは。そうでしょう。この船は魔法を得意とする十数人の騎士たちで、揺れないように制御しているのですよ」

「すごい、そんな事ができるんですね」

「うむ。そのため、余程の事がなければ沈まぬし、風が止んでも進む事ができるのです」

へぇー、騎士さんって、戦闘が得意な人ってイメージだったけど、魔法も使えるんだ。

それとも、どっちもできる人たちなのかな？　爵位とか、家柄とかによっても、魔法が得意か否かっていうのがあるのかもしれないけど。

『まったく。余計な事を。せっかくの乗り物感が台無しではないか』

「……まぁまぁ。騎士さんたちの船に乗せてもらっている訳だし、どんな船に乗ったとしても、海の上の景色は同じだからさ」

男性と離れた後、海を眺めながらも少し拗ね気味のイナリを宥《なだ》めていると、イナリが何かに気づいたらしく、突然西側に目を向ける。

『ふむ。このまま進んで行くと、もう少しで魔物の群れに遭遇するな』

「えっ⁉　大変！　さっきの人に伝えなきゃ！」

『しかし数は多いが、それほど強い魔物ではないぞ？　この隠密用の姿でも余裕で倒せる相手だが』

「イナリからすればそうかもしれないけど、この船の人たちにとってはそうじゃないかもしれないでしょ」

前回、アトロパテへ来る時は護衛の依頼を請けていたから、私たち……というかイナリが魔物を倒しても問題なかった。

だけど今回は私たちが護衛される側というか、お客さん扱いされているから、勝手な事をしちゃダメだと思うのよね。という訳で、さっきの人を探しているんだけど……どこだろ？

「お姉ちゃん。さっきの人、あそこに居るよー！」

「ありがとう、コリン。……すみませーん！」

コリンに教えてもらい、別の人と会話中だけど、緊急事態という事で間に割って入る。

「アニエス様？　どうされましたかな？」

「えっと、この先に魔物の群れが居るので、このままだともうすぐ遭遇しちゃいます」

「はっはっは。アニエス様。もしかしたら、何かの影を見間違えたのでは？　見張りからは何も報告がありませんぞ」

えぇ……この人、のんびりし過ぎじゃない？　魔物はイナリに任せた方が良いのかなー？

そんな事を考えていると、一緒に居た女性騎士が口を開く。

「お待ちください。アニエス様は水の聖女様です。海の中の様子がわかるのかもしれませんよ」

「ふむ、一理あるか。……アニエス様、大変失礼いたしました。今すぐ、騎士たちに迎撃させます！」

そう言って、男性がどこかへ走って行く。

一方、私の話を聞いてくれた女性が、私に一礼して男性の後を追って行った。

「ちゃんと話を聞いてもらえて良かったわ」

『まったく。水の聖女……というか、アニエスのすごさを理解しておらぬ者が多いな』

「私は別にすごくないでしょ？　イナリが魔物の事を教えてくれた訳だし」

『いや、アニエスの神水がなければ、我も広範囲の探知魔法は使えぬ。アニエスの力があってこそなのだ』

イナリとそんな話をしていると、しばらくして大きな声が響く。見張りか指揮を出す人かの声が、魔法で拡声されているのかな？

「前方に魔物発見！　各員戦闘準……あれ？　準備できて……こほん。各員、魔物を迎撃せよ！」

困惑した声が聞こえてきたけど、船の先端に集まっていた騎士さんたちが魔物を倒し始めた。

「はっはっは！　アニエス殿のおかげで、迅速に魔物の群れを殲滅《せんめつ》する事ができましたぞ」

「それは良かったです」

「しかし、水の聖女様の力は流石ですな。また何かありましたら、お願いいたしますぞ」

騎士さんたちが魔物を倒し終えた後、偉い人がお礼を言ってどこかへ去って行った。

事前に魔物との遭遇が分かっていたので、しっかり準備を整えておく事ができて、被害が一切なかったのだとか。

だけど、少ししてイナリが再び何かに気づく。

『ふむ。アニエス……残念ながら、また魔物だな』

「さっき戦いが終わったところなのに……」

『うむ。その通りではあるのだが……この船ではないのだ。少し離れたところで、大きな船が魔物に襲われておる』

「えぇっ!?　それは……助けてあげなきゃ！」

急いで、先程の人を探して伝えようとしたんだけど、イナリに待ったをかけられる。

『アニエスよ。我が倒して良いのであれば、一瞬でケリがつくであろう。だが、そうでないのであれば、少々時間が取られる相手かもしれぬぞ？』

「さっきの騎士さんたちには、手に余る強さなの？」

『先程の魔物の群れに対し、あの人数で、あれだけ時間がかかってしまうとなると否定はできぬな』

そうなんだ。ただ、イナリがすご過ぎるだけで、あの騎士さんたちが弱い訳ではないと思うんだけどね。

「けど、襲われている人が居るって分かっている以上、助けてあげるべきだと思うの」

『わかった。万が一、アニエスに危害が及びそうになる……つまり、この船が転覆しそうになる程、苦戦するようであれば、流石に我が手を出すぞ？』

「えぇ。でも、そんなに大変な相手なら、最初からイナリが手伝っても良いかもしれないけど……ドラゴンとかではないのよね？」

『うむ。ドラゴンではない。先日、火の国へ行く途中に遭遇した、巨大なタコだ。アニエスが作ってくれた、あのタコ料理は実に旨かったな』

あー、確かヒュージ・オクトパスって呼ばれている魔物だっけ？

今までバタバタしていて、あのタコを食べた事で使えるようになった暗闇魔法っていう魔法の効果の確認をすっかり忘れていたわね。これもどこかで確認しないと……って、それより早く伝えなきゃ！

さっきの人でなくても良いから、誰かに……居た！　若い騎士さんを見つけたので、さっそく声を掛ける。

「すみません！　この近くで、魔物に襲われている船があるみたいなんです！　助けてあげてください！」

「なるほど……アニエス様。それは、どちらの方角でしょうか？」

「えっと……北西です！」

イナリが念話で方角を教えてくれたので、すぐに伝えると、騎士さんが何か考えだした。

「うーん。方角的には遠回りではないですが、モニカ様の護衛が……申し訳ないのですが、そのご依頼には応えられません」

「待って！　魔物に襲われている人が居るのよ⁉　助けられる命を助けないなんて、何を考えているのっ⁉」

「ですが、通常時ならいざ知らず、今は特別任務中ですので……」

「じゃあ、とりあえず北西に進路を向けてくださいっ！　私たちが、その人たちを助けますっ！」

「そんな事を言われましても……」

この騎士さんの言い分も分からなくはない。

でも、それでもすぐ近くに困っている人がいるんだから、助けてあげようよっ！

「む？　アニエス殿。いかがされました？」

「実は……」

先程お礼を言ってくれた偉い人が来たので、事情を説明する。

すると、その人が少し考えた後に、口を開く。

「アニエス殿の仰《おっしゃ》る事もわかりますが……」

「向かってください！」

「しかし、先程戦闘を終えたばかりですし、船を動かしている魔法を使っている者たちも……」

「それなら、騎士さんたち全員の疲労を私が取り除きます！　ですから……」

偉い人に直談判した結果、ようやく向かってもらえる事になり、船の進路が北西に向けられる。

少しすると、見張りの人から魔物と戦っている船が見えたと連絡があった。

「前方に大型の運搬船発見！　ヒュージ・オクトパスと交戦中！」

「ヒュージ・オクトパス……Aランクの魔物か。船の制御を行う者を半分にして、残りの者も戦闘に加われば何とか勝てるだろうが、それでは戦いの余波で船が……」

「……船の制御は魔法を使っているんですよね？　あとで、船の制御を行っていらっしゃる方のところにも行きますが……皆さん、これを飲んでください」

そう言って、あらかじめ食堂で借りてきていたグラスに、神水を注いでいく。

元々は魔物と戦う騎士さんたちに用意しようとしていたものだけど、船の制御をする人の魔力が倍になれば、人手が半分で済むから、その人たちも戦闘に参加できるはずだ。

「これは水の聖女の力で出した水です。飲むと一定時間能力が倍増します」

「えぇっ!?　水の聖女様の……おぉっ!?　ほ、本当だっ！　飲んだだけで力が湧いてきたっ！」

皆戸惑っていたけれど、一人の騎士さんが飲むと、皆がこぞって飲み始める。

「なっ⁉　……すごい！　これが水の聖女様のお力なのですね」

「飲むだけで力が増すなんて、そんな訳が……っ⁉　あ、アニエス様！　恐れ入りました！」

「アニエス様！　船の制御を行っている者たちはこちらです。どうか、この聖なるお水を彼らにも、ぜひお願いいたします！」

騎士さんたちに神水の効果を実感してもらえたら、場の空気が一気に変わった。一人の騎士さんに案内されて、船の奥へ。

先程と同じように神水を出して飲んでもらい、部屋に居た半数が戦闘へ参加すべく、甲板へ移動する。

「右舷、対象の船に接近する！　各員、魔物を排除し、船の人員を救助せよ！」

「おぅっ！」

指揮官っぽい人の声で戦闘が始まる。騎士さんたちが運搬船に乗り込んで触手を斬り払い、船の制御担当だった人が、得意の魔法でヒュージ・オクトパスの本体を攻撃していく。

「えっ⁉　俺の剣でヒュージ・オクトパスの触手が斬れた⁉」

「か、火力がすごい！　僕の攻撃魔法がヒュージ・オクトパスに通じる！」

「攻撃が来るぞっ！　一人で防御魔法を……ひ、一人でこれだけ強固な防御魔法が展開できるのか」

良かった。騎士さんたちが魔物を圧倒していく。

まぁイナリが戦えばもっと速いんだけど、アトロパテの精鋭の騎士さんたちが全員で戦うような相手を一瞬で倒してしまったら、何を言われるかわからないもんね。

とはいえ、万が一の場合にはイナリにお願いする事になるので、いつでも戦えるように備えてもらってはいるけど。

「アニエス様！　運搬船の護衛をしている者に負傷者が！　治癒魔法などは使えませんでしょうか」

「えっと……今すぐ行きます！」

騎士さんに呼ばれ、私たちも運搬船へ。

案内された先には……ヒュージ・オクトパスに墨をかけられたのだろうか。顔が真っ黒に汚れた男性が、甲板の上で苦しそうにしている。

外傷などはないけど、これは……もしかして、毒!?

「すみません。その方の口を開けていただけますか？」

騎士さんにお願いして、強引に神水を飲ませると……苦しみ悶えていた男性が落ち着き、ゆっくりと身体を起こす。

「あ、あれ？　俺はヒュージ・オクトパスの墨攻撃をくらって……って、アニエスさん!?」

「あ！　えっと、メルクリオさん!?」

「はい、そうです！　アニエスさんにまたお会いできるなんて！　これはきっと、神の思し召しに違いありませんね！」

顔が真っ黒だったので分からなかったけど、神水を出した時に墨も洗い流して……うん。倒れていたのは、アトロパテへ行く時に運搬船の護衛を一緒に請けた、冒険者のメルクリオさんだった。

困っている人がいるから助けようとは言ったものの、それが知り合いだったというのは想定外ね。

「あの……アニエスさん？」

「あ、ごめんなさい。ちょっと考え事をしていて。それより、怪我はありませんか？」

「はい！　もちろんです！」

「良かったです。他に怪我をされている方は？」

「いえ、きっと居ませんよ！　ですから、しばらくここに……」

ええ……どうして、そんな風に断言できるんだろう。騎士さんたちは神水を飲んでいるから大丈夫だと思うけど、メルクリオさんの仲間の方たちは、まだ戦っているのよね？

「メルクリオさん。他の方の様子を見に行きましょう！」

「は、はい。そうですね」

メルクリオさんは元気になっているので、イナリとコリンと共に運搬船の船首の方へ。

そこでは、前にも見た大きなタコが、複数の巨大な足を使って騎士たちを薙ぎ払おうとしている。

だけど、船の制御をしていた人たちも戦闘に参加しているからだろうか。騎士さんたちが優勢のように見える。

ひとまず安堵していると、冒険者さんの一人がこちらに走り寄って来た。

「メルクリオ！　ヒュージ・オクトパスの毒墨をくらったのに、動いて大丈夫なのか!?」

「あぁ。アニエスさんに治してもらったんだ」

「え？　アニエスさんって、前にメルクリオが……こほん。アニエスさんは治癒魔法が使えるのか？　だったら、来てほしい。他にも毒墨を食らった奴がいるんだ」

冒険者さんの案内で走って行くと、メルクリオさんと同じように顔を真っ黒に染めた人が数人倒れていた。急いで一人ずつ神水で治していると、突然歓声が上がる。

「おぉ！　どうやら騎士たちがヒュージ・オクトパスを倒したようだな」

「今回は助かったな。ヒュージ・オクトパスに遭遇した時は終わったと思ったが、まさかアトロパテの騎士が助けてくれるとは」

「そうだな。だがこの広い海の上で、巡回していた騎士に見つけてもらえたのは僥倖《ぎょうこう》だった」

「あぁ。しかし、メルクリオ。一緒に運搬船の護衛をしていたアニエスさんが、どうしてここに？」

メルクリオさんたちが助かったと話す中で、私の話になってしまった。

当然の疑問といえばそうなんだけど、どうやって説明すれば良いんだろ。

「はっはっは。そんなの決まっているじゃないか。神様が俺とアニエスさんを巡り合わせてくれたんだよ。アニエスさん。この再会はきっと運命に違いありません！」

「メルクリオ。お前、よくそんな事を口に……よく見ろ。アニエスさん、引いてるからな？」

引くというか、驚いてはいるけどね。

それより、さっきの問いにどう答えようかと考えていると、戦闘を終えた騎士さんの一人が慌ててやって来た。

「アニエス様！　こちらに居られたのですね。魔物を倒し、無事に運搬船を守りました。ここから先は、運搬船の護衛の仕事。船へ戻りましょう」

「え？　アニエス『様』!?　お、おい。騎士さんよ。一体、どうしてアニエスさんが……」

「部外者……それも他国の者には関係のない話だ。言っておくが、アニエス様のご依頼でなければ、この運搬船を助ける義理はないのだからな！」

「それは、一体どういう意味……」

「アニエス様。どうぞ、こちらへ」

騎士さんはメルクリオさんを全く相手にせず、私を船に戻そうとする。

メルクリオさんには申し訳ないけれど、この運搬船を救助するために迷惑と時間をかけてしまったし、素直に従って騎士さんたちの船へ戻る事に。

とりあえず、運搬船に乗っている人が助かって良かった。

ただその後も、魔物に襲われている船を二回見つけ、救助のためにそちらに寄ってもらう事となってしまったんだけど。


いろいろあったけど、ひとまず無事に海の国タリアアナの大きな港町に到着したので、モニカちゃんと一緒に騎士団の船から下りる事に。

「アニエス様。我々騎士団が他国へ入ると問題になりかねないため、同行できるのはここまでとなります。以降は我々の代わりに親衛隊……人数は少ないものの、精鋭が支援いたします」

「ここまでありがとうございました。あと、途中で私のわがままを聞いてくださって、ありがとうございます」

「いえ。国民を守るのも騎士の務め。本来ならば守れなかった命を救えたのです。こちらこそ礼を言わせてください」

神水を飲んでいたからか、騎士さんたちに負傷者はいなかった。また魔物に襲われている船に乗っていた人たちも、ポーションで怪我を治す事ができたし、良かったと思う。

……それにしても、海って魔物が多いのね。

だからこそ、冒険者さんたちを護衛として雇っているのだと思うけど。

「では、アトロパテの騎士団の船があまり長居するのは良くないため、そろそろ出航いたします。お気をつけて」

「はい。ありがとうございます」

騎士団の船は桟橋から離れると、ゆっくりと方向転換し、一気に加速していく。

外から見ると船が全く揺れていないので、改めてすごいと思いつつ、モニカちゃんと親衛隊と呼ばれている女性たちのところへ。

「では、ここからは陸路ですね。皆さん、どうぞよろしくお願いいたします」

「いえ、任務ですので。何が起ころうとも、モニカ様とアニエス様をお守りいたしますので、ご安心ください」

親衛隊の三人の女性、ララアさん、リリーさん、ルルゥさんがそれぞれ挨拶してくれた。この人たちは私たちがヤルミラさんの部屋に迷い込んでしまった時に居たから、よく覚えている。

そして、剣や短剣を腰に差し、動きやすそうな格好の三人とは別に、メイドさんが一人残っていた。

「レナと申します。いざという時には戦いますが、モニカ様とアニエス様、コリン様にイナリ様のお世話を主に行わせていただきます」

「騎士団の船に乗る前に、馬車でお茶を淹れてくださった方ですよね？」

「まぁ、覚えていてくださったのですね。はい、その通りです。どうぞよろしくお願いいたします」

そう言って、丁寧にお辞儀をするレナさんは、メイド兼護衛なのだとか。モニカちゃんは王女様な上に、まだ幼いから、お世話をする人も必要だよね。

ちなみに親衛隊の三人もレナさんも、騎士団の船の中では護衛としてずっとモニカちゃんの部屋にいたらしい。

ただ、それは良いんだけど、一つすごく気になる事がある。

「あの、レナさん。そのものすごく大きな荷物は？」

「もちろん、モニカ様のお召し物と、調理器具です。食材は適宜調達いたしますが、お召し物は現地調達だと時間を要してしまいますので」

「な、なるほど」

私がイナリと出会う前、トリスタン王子と行動を共にしていた時の大きなカバンよりも、さらに大きなカートをレナさんがガラガラと引きながら歩いていく。かなり大きな荷物でものすごく重そうに見えるのに、その細い腕でどうやって軽々と運んでいるのだろうか。

そんな事を考えているうちに、港町の入口近くにある馬車の停留所に着いた。

親衛隊のララアさんが馬車を手配してくれて、すぐに出発する事に。乗合馬車かなと思ったら、
当然そんな訳はなく、皆で貸切馬車に乗るそうなんだけど、何故かララアさんが頭を下げてきた。

「すみません。一番大きな馬車を依頼したのですが、今は出払っていて、小型の馬車二台となってしまいました。すみませんが、アニエス様たちはこちらの馬車でお願いいたします」

「いえいえ、こちらにはコリンとイナリも居ますし、大丈夫です」

『うむ。小型の馬車の方が適度に揺れ、乗っている感じがするからな。むしろ、この方が良い』

とりあえずイナリがご機嫌なので良しとして、ゲーマに向けて早速出発する事になった。

海の上では大勢の騎士さんたちがいて、イナリの探知魔法も使えたけど、ここからはモニカちゃんに万が一の事がないよう、慎重に進まないとね！

第五章　謎の女性ロレッタ

二台の馬車がなだらかな山道を走って行く。

　これ自体は普通の事なのだけど、馬車で山道というと、イスパナで崖から落とされた事を思い出してしまい、少し嫌な気分になってしまう。だけどここは道が広いし、両脇が崖ではなく、右手が林で左手が川なので、そんな心配はしなくて良いはずだ。

「むっ……アニエスよ。川を舟が下っていっておるな」

「そうね。ゲーマから入国して港町に向かう際に私たちも下った川じゃないかしら。たぶん今は、私たちが来た道を戻っているのね」

「あの小舟は中々楽しかったな。水の揺れをしっかり感じる事ができた。それに比べて、あの魔法で進む船はダメだ。全く揺れなかったから、乗り物に乗った感じが少しもしなかったではないか」

　私たちだけで貸切馬車に乗っているので、本来の姿に戻っているイナリが、窓から外を見ながら、ブツブツと文句を言っている。

　うーん。イナリは本当に乗り物好きよね。ただ、イナリなら馬車に乗って移動するより、自分で走った方が絶対に速いけど。

　あ、だからかな？　イナリが自分で走ると速過ぎて周囲の景色を楽しめないけど、乗り物に運んでもらえば、ゆっくり景色を堪能できるから、乗り物が好きとか。

そんな事を考えながら馬車に揺られていると、いつの間にか窓の外が見た事のない景色に変わっていた。

御者さんに聞いてみると、川に沿って北上するのがゲーマへの最短ルートではあるけど、馬車が通れないところもあるそうで、回り道になっているのだとか。

言われてみれば当然だと納得したところで、行きの川を下っていた時には立ち寄っていない街へ到着した。

「アニエス様。本日はこのウェネジアの街で宿泊となります」

レナさんに呼ばれて馬車を降りる。

私たちなら、まだ太陽の位置が高いし、このまま進んで次の街や村を目指そうとするけど、モニカちゃんが居るから無理はできないもんね。

ちなみに、レナさんたちが私たちの宿も手配してくれているのだとか。ありがたい。

とはいえ、夕食を食べて就寝する……というには、やっぱりまだ早過ぎる。

「んー、まだ暗くなるまで時間がありそうだし、散歩でもする？」

「そうだねー。お姉ちゃんが行くなら、ボクも行くよー！」

『では、我も行くとしようか』

街中だし、モニカちゃんの前でもあるので、イナリに子狐の姿になってもらって、街を散策する事に。海の国タリアナは、本当に通過しただけでほとんど観光っぽい事をしていないからね。

「私たちは少し街を散歩してきますね」

「でしたら、誰か護衛を……」

「レナさん、大丈夫ですよ。街から出たりしませんし」

「ですが、水の聖女様に何かありましたら……」

一応、モニカちゃんたちに断ってから出掛けようと思ったんだけど、レナさんに止められてしまった。

だけど、私たちにとってはごく普通の事だし、宿に閉じ込められている方が辛いしね。

「えっと、そもそも私が水の聖女だなんて、タリアナの人たちはほとんど知らないと思いますよ？」

「だからと言って、護衛をつけなくても良いという話にはなりません」

「それなら、コリンとシルバー・フォックスが居るから大丈夫です！」

「しかし……」

そう言ってもレナさんが食い下がろうとするので、どうしたものかと考えていると、ララアさんたち親衛隊の三人が援護してくれた。

「水の聖女様は、これまで冒険者として活動してこられている。レナ殿は心配し過ぎであろう」

「その通り。普段から城に居られるモニカ様とは違い、水の聖女様は外で活動されている。屋内に閉じ込められていると、息が詰まってしまうかもしれぬ」

「それに水の聖女様は、仰《おっしゃ》る通り聖女様とは思えない程に、地味な……こほん。普通の庶民の格好をなさっているので、目立って狙われる事はなさそうだ」

ちょっと失礼な言葉が聞こえたような気もしたけど、三人のおかげでレナさんが折れ、無事に宿の外へ。早速あたりを見渡してみると、街中に水路が巡っていて、皆が舟で移動している。

「すごい。こんな街は初めて見るわ」

「我もだ。皆、馬車ではなく舟で荷物を運んだりするのだな」

「すごいねー！　まるで海の上にある街みたいだよー！」

イナリとコリンと一緒に、水路だらけの街を散策していて気づいたのが、意外な事に教会が多い。もしかしたら、信仰に篤《あつ》い街なのかも。

初めて見る街並みをしっかり記憶に残そうと、右へ左へと顔を動かしていると、突然何かが水の中に落ちたような音が響きわたった。

「何だろ？　……もしかして、誰かがうっかり水に落ちたのかな!?　水路が多いし」

「……この街は、昔からこういう街なのであろう。住む者は慣れていて、そのような事は中々起こらぬ気がするのだが」

「とりあえず音がした方へ行ってみよう！　私の勘違いなら、それはそれで良いと思うし」

子狐姿で首を傾げるイナリを抱きかかえ、コリンと一緒に音がした方へ走ると、街の人たちも集まっていた。だけど、何故だか皆不思議そうにしている。

「あの、どうしたんですか？」

「ん？　あぁ、女性が水路に落ちたんだ。それが、何もないところなのに、突然何かに驚いた様子で慌てて後ずさり、そのままドボンって感じでさ。しかも、助けようとしたんだが、逃げるようにして向こうへ泳いで行ったんだ」

えーっと、誰かが落ちたのは落ちたけど、とりあえず元気で無事って事なのかな？　何があったのかはよくわからないけど……

首を傾げていると、近くに居た子供が声をかけてくる。

「おじさん。実はその人、人魚だったんじゃないのー？」

「人魚？　いや、普通に泳いでいたから、それはないよ」

「ちぇーっ！　人魚だったら見たかったのになー」

人魚かぁ。突然メルヘンチックな話になったけど、実在するのかな？

「……ねぇ、イナリ。人魚っているのかな？」

『普通に居るぞ。会った事もある』

「えぇーっ!?　そうなの!?　……あ、何でもないです」

こそっとイナリに聞いてみたら、思いがけない返答で大声をあげてしまった。

周りの人から注目されてしまったので、こそこそとその場を離れ、何事もなかったかのように散歩を再開すると、イナリが念話で話しかけてくる。

『むっ！　アニエス。あれを見るのだ』

「ん？　何かあるの？　コリン、何か変わった物ってある？」

「……あっ！　お姉ちゃん！　大変だよっ！　早く行かなきゃ！」

私は特に何も見つけられないけど、コリンは分かったみたいで、私の手を引いて走りだす。

一体どこへ行くのかと思いながら一緒に走って行くと、イナリとコリンが揃って足を止めた。

「えっ⁉　イナリもコリンも、ここって……」

「いらっしゃいませー！」

「普通の屋台よね？」

そこは食べ物の屋台だった。二人はこれが食べたいという事だと思うんだけど、アトロパテでも似たような事をしていなかった？

……ううん。アトロパテどころか、立ち寄った街では、大体こんな事が起こるわね。

「あの、こちらでは何を売ってらっしゃるんですか？」

「お客様！　貴女は運が良い！　今は新商品のキャンペーンをしておりまして、こちらの魚介類と野菜を煮込んで作ったスープが無料なんです！」

なるほど。言われてやっと気づいたけど、屋台に無料って書かれていた。

イナリとコリンはこれを見つけたのね。

せっかくなので貰おうと思ったんだけど、イナリが念話で話しかけてきた。

『スープか。てっきり肉かと思ったのだが……ならば我は不要だな』

「えっ？　要らないの？」

『うむ。スープならアニエスの作る神水のスープに勝る物はないからな。夕食を美味しく食べるためにも、余計な物で腹を満たしたくない』

それっぽい事を言っているけど、イナリはスープ一杯くらいでお腹いっぱいにならないでしょ。

単に野菜って聞いて、食べたくないって思っただけよね？

「お客さん。無料ですので、ぜひ一杯どうぞ」

「え⁉　えーっと、じゃあせっかくだし、いただこうかな……って、どうしたの⁉」

『アニエスよ。肉の匂いがする！　向こうへ行くぞ』

屋台のお姉さんがぜひにと勧めてくるので、私だけでも貰おうかと思ったんだけど、子狐姿のイナリが私のスカートを咥《くわ》えて走り出そうとする。

「お客さん⁉　無料ですよっ⁉　せめて一口っ！　味見だけでもっ！　無料……無料なんですっ！」

「ちょ、ちょっと……ご、ごめんなさい。コリン、イナリが向こうへ行きたいんだって」

「えぇっ⁉　お客さーんっ！」

お姉さんが背後で叫んでいるけど、イナリに引っ張られ……ご、ごめんなさーい！

新しいスープを作ったから、いろんな人に飲んでもらって感想を聞きたいっていう話だと思うんだけど……また機会があれば飲ませてもらうからっ！

「お、姉ちゃん。無料でスープを提供しているのか。じゃあ、一杯貰おうか」

「旨そうな匂いッスね。姉ちゃん、俺も俺も」

「えっ⁉　いや、これは、違……ま、待って！　これには……」

チラッと後ろを振り返ると、私とのやり取りが周囲の人たちに聞こえていたのか、屋台が大勢のお客さんに囲まれていた。

あれならきっと、たくさんの意見や感想が貰えるから大丈夫よね。

ちょっと安心したところで、イナリが立ち止まる。

「イナリ。ここって、お肉の屋台よね。さっき余計な物でお腹を満たしたくないって言わなかった？」

『それはそれ、これはこれだ。やはり肉……アニエスよ。この旨そうな肉を買ってくれぬだろうか』

「お姉ちゃん。ボクもー！」

イナリとコリンからねだられ、結構がっつりなお肉料理を買い、通りにあったベンチで食べる事に。

もー、夕飯前なのにー……あ、美味しい。

私はコリンとイナリとは違って小さいのにしたけど、三人でペロリと平らげる。

「お姉ちゃん。さっきのお肉、美味しかったねー！」

「そうね。香草がよく効いて、香りも良かったし……どこかで、あの香草を売っていないかな？」

『おぉ！　もしやアニエスは先程の料理を再現できるのか!?　では、あれをドラゴンの肉で作ってくれぬだろうか。さらに旨くなると思うのだ』

屋台でお肉料理を食べ、コリンもイナリも満足したみたいなので、宿へ戻る事に……って、これだとお肉を食べただけじゃない！

観光っ！　もうちょっと、街を見て回ろうよ！

「すみません。このあたりで、お勧めの観光スポットとかってありますか？」

「それなら、そっちの教会だね。ものすごく大きな壁画があるんだよ。割と有名だし、ぜひ見て行ってもらいたいね」

「ありがとうございます。コリンもイナリも行くわよ」

コリンもイナリも絵に興味はなさそうだけど、せっかくなので屋台の人に教えてもらった教会へ。

だけど、有名な観光スポットというだけあって、結構人が多い。ちょっと失敗だったかも……と思っていたけど、少しずつ前に進み、私たちも壁画の前へやってきた。

「わぁ……すごい。大きい事もすごいけど、何だか神秘的な絵ね」

「皆でお昼ご飯を食べながら、夕食を何にするか話し合っている絵なのかなー？」

『ふむ。人の数に対して皿が少な過ぎる。これでは料理が足りぬであろう』

ま、まぁ、絵から何を感じ取るかは、人それぞれよね。あえて何も言うまいと思いながら、外へ出たところで、可愛らしい声が聞こえてくる。

「コリン様に、アニエス様。やはりこちらの絵画をご覧になりにいらっしゃいましたか」

「あれ？　モニカちゃん!?　そ……外に出て大丈夫なの？」

「はい。レナさんが一緒ですし」

てっきり宿に居ると思っていたモニカちゃんが、意外な事に同じ絵を見に来ていた。レナさんが一緒だからというけど、大丈夫なのかな？

そのレナさんに目をやると、気を張り詰め、ものすごく周囲を警戒している。たぶんレナさんは外出させたくなかったんだろうけど、モニカちゃんに頼み込まれて断れなかったんだろうな。

レナさん一人だと大変そうだし、私も同行した方が良いかな？　って思っていると、モニカちゃんがコリンに近づいていく。

「あ、あの……コリン様。この街には他にも素晴らしい美術品があるそうなので、よろしければ一緒に参りませんか？」

「え？　ボク？　お、お姉ちゃん……」

「その……私は長らく外出ができなかったので、本でしか外の世界を知る事ができませんでした。アニエス様のおかげで、こうして外を歩く事ができるようになりましたので、実際にこの眼でいろいろと見てみたいのです」

そっか……そうだよね。私もトリスタン王子と離れた後は、のんびり世界を見て回りたいって思ったもん。

想定外のいろんな事に巻き込まれてしまって、それどころではなくなっちゃったけどさ。

「コリン、良いじゃない。せっかくだし一緒に行きましょう。私もいろいろ見てみたいし」

「お姉ちゃんがそう言うなら……」

「ありがとうございます。コリン様、教会を出て右手に美術館があると聞いております。早速参りましょう」

モニカちゃんがコリンの横に並び、歩き出す。

これは……もしかして、もしかするの!?

ちょっとワクワクしてしまったところで……レナさんと目が合う。

うん。モニカちゃんを止めてほしかったって表情だけど、さっきの話を聞くと、断れない。

それに、私たちが一緒に居た方が、イナリが居るから、より安全よね。

――その頃の火の聖女の親衛隊ルルゥ――


「さ、寒い……レナ殿。な、何か温まる物をくれないか？」

「えっ⁉　ララアさん⁉　どうして全身びしょ濡れなんですか⁉　それにこの匂い……海にでも落ちたんですか？」

「気にしないでくれ。それより早く、お茶かスープを……」

何があったのかは分からないが、水の聖女の後をつけていたララアが水に落とされたらしい。

しかし、どういう事だ⁉　我ら親衛隊は厳しい修業に耐えた、エリート中のエリートの騎士だ。

ララアがこのような失態を演じるとは、相手は余程の手練れという事になる。

レナがモニカに呼ばれて離れたので、震えながら紅茶を飲んでいるララアにこっそり話を聞く。

「……何があったのだ」

「……あの水の聖女の後をつけ、人気《ひとけ》のないところで毒刃のナイフを投げるつもりだったのだ。だが、気配を完全に消しているにもかかわらず、私の存在に気づいたのだろう、すぐに私へ視線を送って来たのだ」

「……まさか、姿を見られたのか⁉」

「……いや、それを避けるべく、自ら川へ飛び込んだ。おかげでこのザマだが、あの水の聖女は気配を察知する力があるようだ。尾行はするな」

「……わかった。この話はリリーにも伝えておこう。ララアはしっかり暖を取ってくれ」

気配を消す訓練も受けている我々の尾行を察知したのは、やはり何かしらの聖女の力によるものだろう。

現時点で判明している水の聖女の力は、魔の力の浄化を除いて、治癒と能力向上の二つだが、他にも何か隠し持っていると考えた方が良さそうだな。

周囲を警戒しながら、レナとモニカに気づかれぬように、水の聖女たちの監視をしているリリーのところへ向かった。

「リリー。ララアが失敗した」

「なっ⁉　ララアが⁉　命は……」

「行動不能状態ではあるが、命に別状はない」

「なんと……一体、どのように？」

ひとまず、ララアから聞いた話をリリーに伝え、水の聖女暗殺の案を考える。

「なるほど。尾行はダメか。ならば、向こうから来てもらうようにしよう」

「何か妙案が？」

「うむ。スープに毒を混ぜ、それを飲ませるのだ」

「あの宿の従業員に変装するのか？　あの宿は、見た目こそ普通の宿だが、従業員が全員元騎士や元宮廷魔術師という、タリアナきっての警備重視の宿だぞ？」

「もちろん宿の事はわかっている。水の聖女が外出している今、即効性の致死毒を飲ませてしまえば良い。まぁ見ているのだ」

リリーが窓から飛び降りると、水の聖女が歩いている道をかなり先回りし……なるほど。屋台を買収するのか。

だが、その屋台に水の聖女が立ち寄るとは……おぉ！　看板に無料と書いた！

流石はリリーだな。これは勝ったも同然……な、何ぃ!?　あの子狐が水の聖女を引っ張って、別の屋台に連れて行っただと!?

くっ！　我らが使うのは無味無臭の毒薬だが、それは人間に対しての話。あの子狐が、スープに毒が入っている事を察したのか！

恐るべし。ただの子狐と侮っていたが、水の聖女が連れているだけはあるのか。

リリーが無関係の者に囲まれているが……ま、間違っても無関係の者を殺して、面倒な事にするなよ!?

「こうなっては仕方がない。ここは私が行こう」

ララアは水の聖女が尾行を察知するという事を暴いた。

リリーは、子狐が毒を見破る事を判明させた。

となれば、私が取る手は一つ。尾行などせず、遠距離からの直接攻撃――毒を仕込んだ矢で水の聖女を射る！

予想される水の聖女の散歩コースは……きっと、壁画が美しい事で名高いあの教会を通るだろう。通行人が多いが、私の射撃技術を以てすれば余裕だ。むしろ、人が多い事で近辺を警戒し、遠距離攻撃への警戒は手薄になるはず。

「よし！　これしかない！」

あの場所を弓矢で狙撃できるポイントは……あそこだっ！

目を付けた建物の屋上へ移動すると、予想通り水の聖女たちが教会の中へ入ったので、後は出て来たところを……遅いな。まさか、気づかれたのかっ⁉

しかし、これだけ離れているというのに……出てきたっ！

コリンという小僧が先頭で……って、どうしてコリンの横にモニカがっ⁉

ゲーマまではしっかりモニカの護衛に徹しろとヨゼフ様から厳命が出ているし、傍にレナもいる。水の聖女相手なら、証拠の残る矢でも構わないと思ったが、万が一モニカに攻撃したと思われたら、レナが確実にキレる。

レナのことだから、矢から私が射手だと確実に割り出し……マズい、マズい、マズい！　キレたレナは見境がなくなるから、間違いなく私相手でも容赦なく攻撃してくる！

こ、これでは攻撃などできる訳がないではないかっ！

＊　＊　＊

モニカちゃんたちと一緒に回る事になり、美術館へ。

『アニエス。我は美術品などに興味はないのだが』

ジト目を向けてくるイナリの頭を撫でて謝りつつ、モニカちゃんがコリンの手を取り、楽しそうに美術品を見て回る後をついて行く。

「コリン様。素敵な彫刻ですね」

「え？　う、うん……」

「あ！　あちらに絵画があります！」

先程のモニカちゃんの話を聞いているから、こうしてさまざまな物を見られるようになって、本当に良かったと思う。

……まぁその、付き合わされているコリンが困惑しているのと、護衛のレナさんは大変そうだけど。それに、私も気になる事がある。

「……ねぇ、イナリ。さっきから誰かに見られている気がするんだけど」

『うむ。その通りだ』

「……やっぱり。これって、モニカちゃんを狙っているのよね？　一応、レナさんに言っておいた方が良いかな？」

『いや、取るに足らん相手だから放っておいて構わぬ。万一襲って来たとしても、何があっても我が守ってみせるし、そもそも狙いは火の聖女ではなく、アニエスだ』

「……そうなの？　じゃあ、アニエスを守……って、えぇっ!?　私っ!?」

念話で話すイナリと小声でコソコソ話していたけど、流石に大声が出てしまった。

「お姉ちゃん？　どうかしたの？」

「アニエス様？」

しまった！　せっかくモニカちゃんが楽しんでいるのに、私のせいで雰囲気が！

「……あっ！　やはり、先程の巻物をご覧になられたいのですよね？」

「……そ、そうなのよ！　アトロパテよりもさらに東にある国の本なのよね？　や、やっぱり気になるわよねー！」

失敗したと思ったけど、コリンが興味なさそうにしていた巻物というものを、モニカちゃんがじっくり見たかったらしく、喜んでいた。

コリンはちょっと疲れているみたいだけど。

「……って、それよりイナリ。どうして私が？」

『アニエスよ。お主も水の聖女なのだ。見る者が見れば、内包している魔力がすさまじいと一目で分かるからな？　まぁ今回においては、そういう相手ではないが』

うーん。魔力がすごいって言われても、正直よく分からないんだよね。土の聖女のミアちゃんも、魔法の使い方が分かっていなかっただけで、魔力は多いって言われていたけど。

だけど今私を狙っているのは、その魔力の多さが分かる相手ではないとイナリが言っている。

という事は、魔力とか関係なしに、私が水の聖女だと知っている人に狙われているって事なの!?

そんな人は、この街にはほとんど居ないと思うんだけど。

私を狙っているという人に心当たりがなくて、どういう事かと考えていると、人混みの中から私に向かって大きな人影が迫って来た！

「アニエス様っ！　お下がりください！」

レナさんが私を庇《かば》うようにして、人影の前に飛び出る。

だけどその人影は、レナさんを無視して私に向かって来た！

どうしようかと思っていると、人影はレナさんに足を払われ、思いっきり転倒する。

「何者だっ！」

「ちょ、ちょっと待ってくれ！　俺はアニエスさんが悲鳴を上げたから、守ろうとして……」

「えっ⁉　その声……メルクリオさん⁉　ど、どうしてこんな所へ⁉」

レナさんに組み敷かれている人を改めて見てみると、やっぱりメルクリオさんだった。

レナさんが、私の知人という事で解放してくれたものの、警戒は解いていない。

そんな中で、メルクリオさんはレナさんの冷たい視線をものともせず、立ち上がって私を熱い視線で見つめてくる。

「すまない。アニエスさんらしき可憐な女性を見つけて、思わず目で追っていたら、まさか本人だったとは。こんなところで出会うなんて、運命かもしれませんね」

「……アニエス様。この気持ちの悪い方は、どなたでしょうか」

レナさんの言葉にどう答えたものかと考えて……大変なことに気づく。

「ま、待って！　モニカちゃんとコリンが居ない！」

慌てて周囲を見渡す。

だけど、つい先程までそこに居たはずの二人の姿がどこにも見当たらない。

「あ、アニエス様。お、お、落ち着いてください。こ、この私めが、今すぐモニカ様とコリン様を見つけます！」

「待って！　レナさん、見つけるのは良いとして、その手にした巨大なハンマーは？」

二人を探すというレナさんが、どこから取り出したのか、巨大なハンマーを手にして振りかぶる。

「あの、レナさん!?　それを一体どうする気ですか？」

「犯人はわかっています。この男を死なない程度に痛めつけて、お二人の居場所を吐かせてみせますからっ！」

「えぇぇっ!?　待ってくれ！　俺は本当に何も知らないんだっ！」

レナさんが問答無用で巨大なハンマーを振り下ろし、メルクリオさんが必死で避ける。

どうやってレナさんを止めようかと考えていると、イナリが念話で呼びかけて来た。

『アニエスよ。あの二人は後だ。それより先にコリンと火の聖女だ。行くぞ！　……まさかこのような手で来るとは。すまぬ。少々相手を侮っておった』

相手は私を狙っているからと、イナリはモニカちゃんよりも私を気にかけていたみたい。

だけど、私ではなくモニカちゃんとコリンが行方不明になるなんて。

イナリは、タリアナでは依然として探知魔法が正常に使えないみたいだけど、モニカちゃんの持つ大きな魔力は特別なものだから、大体の位置がわかるみたい。美術館を裏口から出ると、本来の姿に戻り、人気《ひとけ》の少ない路地へ私を案内していく。

二人で路地を走ると、角を曲がったところに、モニカちゃんとコリンがいたんだけど……

ど、どういう事なのっ⁉　なんでこの人が――

「くっくっく。やはり追って来たか。こんなに早く追いつかれるとは……こいつらに何か追跡するような魔法でも仕込んでいたのか？」

「ト、トリスタン王子⁉　どうしてこんなところに……というか、何をしているのっ！　コリンたちを離してっ！」

花の国ネダーランで戦って以来、行方がわからなくなっていたトリスタン王子がコリンに剣を突きつけていた！

そしてそのすぐ傍には見知らぬ女性がおり、モニカちゃんを羽交い締めにしていた。でも、何故か申し訳なさそうな顔をしているような……？

「あの、トリスタン様。やはりこれは、非人道的な手段なのではないのでしょうか？」

「騙《だま》されるな、ロレッタ！　アイツらはフランセーズ王国の王子である俺に剣を向けた大罪人なのだ！　特に、あの変な服装の男……あいつは奇妙な妖術を使う！　決して油断するな！」

「ちょ、ちょっと！　誰が大罪人よっ！　そんな事より、二人を離し……」

トリスタン王子が、困惑しているロレッタという女性に嘘ばかり話すので、文句を言おうとしたところで、イナリが私の前に立つ。

「目的は何だ」

「ふっ！　話が早いな。俺様の剣を返してもらおう。あの黒い剣を」

「わかった」

えっ⁉　トリスタン王子の黒い剣……って、魔の力がある、魔剣の事よね⁉

あの魔剣のせいで、いろんな国が大変な事になったのに……でも、二人が人質に取られている状況ではどうしようもないし、渡すしかないの⁉

ネダーランで起こった悲劇を思い出し、私が一人で葛藤している間に、イナリが異空間収納から魔剣を取り出した。

「これの事か」

「そうだ。どこから取り出したのかは知らないが、それを渡せば二人は返してやろう」

「その言葉に二言はないな？」

「無論だ。フランセーズ王国の第三王子、トリスタン・フランセーズが保証しよう」

トリスタン王子が保証するって言っても、何一つ信じられないんだけど！

でも今の私には見守る事しかできず、イナリが魔剣を石畳の上を滑らせるように投げ……トリスタン王子の少し手前で止まった。

「よし、お前……あの剣を取ってこい」

「……」

トリスタン王子がコリンに命じる。

「早くしろ！」

剣を突きつけられたコリンは魔剣を拾うと……トリスタン王子に斬りかかった！

「このバカ王子っ！」

「はっ！　ガキが……剣を使った事がないだろ」

トリスタン王子はコリンの持つ魔剣を、あっさりと弾き飛ばす。

「さて、魔剣が本物かどうか試し斬りを……」

拾い上げた魔剣をコリンに向け……

「お主は先程、我と約束したはずだが？」

その瞬間、イナリの怒りを含んだものすごく暗い声が響く。

トリスタン王子は動きを止め、魔剣を腰の鞘に収めた。

「チッ！　鞘にピッタリ収まったし、どうやら本物のようだな。まぁ約束は約束だ。ロレッタ、行くぞ」

「は、はい」

ペタンと地面に座り込むモニカちゃんとコリンを残し、トリスタン王子とロレッタという女性が路地の奥へと姿を消す。

一呼吸置いて、コリンが座り込んだモニカちゃんの傍へ駆け寄る。

「大丈夫!?」

「は、はい……コリン様。ありがとうござい……」

「モニカちゃん？　モニカちゃん!?」

モニカちゃんが静かに目を閉じ、コリンへもたれかかるようにして動かなくなる。

不安そうなコリンの許へイナリが静かに近づくと、ゆっくりと口を開く。

「ふむ。解放されて緊張の糸が切れたのだろう。気を失っているだけだ」

「モニカちゃんは、ずっと不安そうだったから……」

「だが、コリンも中々やるではないか。自分一人だけならハムスターの姿に変わって逃げられたであろうに」

「あ、うん。そうやって、ボクがお姉ちゃんたちを呼びに行くっていうのも考えたんだけど、モニカちゃんを一人にしない方が良いかなって思って」

なるほど。コリン……ちゃんとモニカちゃんの事を気遣えるなんて、すごいわね。

「ところで、いつトリスタン王子に攫《さら》われたの？」

「あのメルクリオさんが来た時かな。何がどうなったのかは分からないんだけど、突然視界が真っ暗になって、気づいた時にはいつの間にか美術館の裏口に連れて行かれていたんだ」

「それは、ものすごい速さだったって事なのかしら？」

「うーん。たぶん……」

攫《さら》われたコリン自身が、何をされたかわからない程の事が起こった。

トリスタン王子にそんな事ができるとは思えないから、おそらく、あのロレッタっていう女の人の魔法なのかな？

チラッとイナリの様子を見てみると、何か考え事をしているみたい。

「あっ！　そうだ。あの魔剣を持って行かれちゃったんだった！　何とかしてトリスタン王子を探さなきゃ！」

「む？　いや、それには及ばぬ。あれは、我が具現化魔法で作った偽物だ」

「えっ!?　そ、そうなの!?　イナリって、やっぱりすごいんだね」

「魔剣は一度見たからな。生物を再現するのは難しいが、あれしきの物なら問題ない」

そういう事か。だからイナリは、逃げ出したトリスタン王子を止めなかったのか。

「しかし、油断ならぬぞ。今言った通り、あの剣は我が作った偽物だ。いずれバレる。そうなれば、再び奴らは我らを狙ってくるであろう」

「そ、そうね。もう観光とかしている場合じゃないわよね」

「うむ。あのバカ王子はどうでも良いが、一緒に居た女……あの者は、かなりの使い手と見た」

「えっ!?　イナリがそんな風に言うって事は、たとえばドラゴンより強いとか？」

「否定はできぬな」

「えぇぇぇっ!?」

あのロレッタさんっていう人は、そんなにすごいのっ!?

とりあえず、ものすごい人に目を付けられてしまったという事は分かった。

それから、一旦レナさんと合流しようという事で、イナリが子狐の姿になった後に、モニカちゃんに神水を飲ませる。

「あ、あれ？　きゃっ！　こ、コリン様！　わ、私ったらコリン様の腕の中で……」

「あはは、大丈夫？　起きられる？」

「は、はい」

流石に恥ずかしかったのか、モニカちゃんが顔を真っ赤に染めているけれど、そのままコリンと手を繋いでレナさんのところへ。

そこでは未だにメルクリオさんが逃げ回っていたけど、レナさんがモニカちゃんに気づき……

「モニカ様ぁぁぁっ！」

泣きながらモニカちゃんを抱きしめる。

ようやくメルクリオさんが解放され……何か忘れている気がするんだけど、一旦宿へ戻る事に。

そこで、私がすっかり忘れていたモニカちゃんの親衛隊の三人が、レナさんからものすごく怒られていた。何でも、宿でモニカちゃんが外出したいと言った時点で、何故かララアさんがびしょ濡れで凍えていて動けず、リリーさんとルルゥさんは行方不明だったのだとか。

いやあの、きっとその三人も、別で何か忙しかったんだと思うよ？　……たぶん。


——ネダーランで遠くに投げ飛ばされたトリスタン王子——


気がつくと、見た事のない景色の場所だった。

やたらと天井が低いし、どこかの小屋だろうか？

ひとまず起き上がろうと身体を動かすと……全身に激痛が走る。

「――っ⁉」

声にならない声と共に苦しんでいると、誰かがやってきたようで、女性の声が聞こえてきた。

「あっ！　目が覚めたんですね？　大丈夫ですか？」

「ここ……は？」

「私の家です。貴方は近くの湖に浮かんでいて……死にかけていたので、一旦保護しました」

湖に浮かんでいた⁉　一体俺に何が起こったんだ⁉

確かアニエスが氷魔法を使い、あの変な格好の男が俺様の剣を奪ったんだ。それから、ゴブタローとゴブジローが何故か俺を殴り始め……そうだ！　あいつらに投げ飛ばされたんだ！

「くっ！　何故だ！　どうしてこんな事に！」

「大丈夫ですか？　霊薬で一命は取り止めていますが、まだ動かない方が良いです」

「霊薬？　霊薬とは？」

「ドラゴンの鱗や角、薬草などを煎じて作った薬です」

「ど、ドラゴンの鱗に角だと⁉　そ、そんな貴重な代物を……礼を言う」

ドラゴンの鱗は一枚で家が建つと聞いた事があるし、角に至ってはさらに貴重で、いくら金を積んでも買えないと聞いた事がある。そんな物を持っているとは……この女性は、かなり凄腕の薬師なのかもしれないな。

そして、流石は俺様だ。そのような薬師に出会うとは、かなり運が良い。

そんな事を考えていると、視界に黒髪の女性が入って来た。

どうやら先程の声の主は、この女性のようだ。

「あの、そんなに貴重な物でもないので、大丈夫ですよ。ここはドラゴンの巣と呼ばれる場所で、鱗も角もその辺に落ちていますし」

「……ドラゴンの巣!? 何だ、それは!?」

「その名の通りで、ドラゴンがたくさん生息している山です。起き上がれないので見られないと思いますが、湖で貴方を見つけたドラゴンが、今も心配そうに窓の外から見ていますよ」

は!? この小屋は、ドラゴンの巣の中に建てられているという事なのか!?

「あ、アンタは……いや、貴女はもしかしてドラゴンテイマーと呼ばれる、伝説のドラゴンを操る者なのか？」

「いえ、違います。私は占星術師――つまり占い師ですね。子供の頃から、ここで自給自足の生活を営んでいるだけです。そのため、何となくドラゴンたちが何を言いたいのかが分かりますが、操るなんて事はできませんよ」

「そ、そうなのか。よく、襲われないな」

「長年の付き合いだからですかね？ 食べられる野菜や、薬草なんかもドラゴンたちが教えてくれましたし」

「な、なるほど。それで、薬の作り方も知っているのか」

「あ、あはは。そ、そんなところです……実は薬は、私が適当に混ぜ……げふんげふん」

ふむ。最後の方は何を言っているか聞き取れなかったが、つまりこの女性はドラゴンに育てられたという事か。だが、そんなドラゴンが大量に棲《す》む場所で、子供の頃から自給自足というのは、捨て子というくらいしか理由が思い当たらない。

「そうか。もしかして、その黒髪が理由か？」

「あ……はい。気持ち悪いですよね」

「いや、綺麗だ。闇のような漆黒……俺の好きな色だ」

「そんな事を言ってくれる人は初めてです。まぁ大きくなってから、ほとんど人と喋っていませんが」

平民の中には、この女性のような黒髪を忌避する文化があると聞いた事がある。俺としては、かつて使う事ができた闇色の炎のようですごく良いと思うのだが、平民の感性はわからんな。

「そういえば、ここはネダーランのどのあたりなのだ？」

「ネダーランではありません。レッゼブエルという小さな国です」

「あぁ、フランセーズとネダーラン、ゲーマの間にある、あの国か。もしもここがフランセーズなら、俺の力で黒髪を避けた者を極刑にしてやるのだがな」

「え？　俺の力……って？」

「うむ。俺はフランセーズの第三王子、トリスタン・フランセーズという」

「えぇぇぇっ!?　あの大国フランセーズの王子様だったんですかっ!?」

ふっふっふ。良いぞ、レッゼブエルという小国の平民よ。やはり、平民には俺様をきちんと崇めてもらわないとな。

「ところで、命の恩人である君の名は何と言うのだろうか」

「あ、失礼しました。私はロレッタと申します」

「ロレッタか。良い名だ。すまないが、後で必ず礼をするから、動けるようになるまでここに居させてもらえないだろうか」

「は、はい。元よりそのつもりでしたし、お礼などは不要です」

「いや、フランセーズの王族として、そういう訳にはいかぬ。すまないが、よろしく頼む」

やはり身体に相当なダメージを負っているのだろう。少しロレッタと話しただけだというのに疲れてしまい、すぐに眠りに落ちてしまった。


それから数日。ロレッタが、フランセーズでは見た事のない食材を使ったスープやパン、それから貴重な霊薬を毎日飲ませてくれたおかげか、すっかり身体が回復した。

「ロレッタよ、世話になった。改めて礼を言わせてもらおう。それに、あの身体を動かすだけで激痛が走っていた状態から、僅か数日で回復するとは。ドラゴンの霊薬については、相応の謝礼を払わなければな」

「あ、薬については本当に気にしなくて良いですから。むしろ、あれでよく治ったなーなんて……」

ロレッタが小声で何か言っているが、おそらく俺の回復力を称賛しているのだろう。

「そうだ。ここを発つ前に、新しいドラゴンの角があれば欲しいのだが、手に入らないだろうか」

「それはないんじゃないですかね。ここに落ちている角は、ドラゴンたちが成長して生え変わる際に抜け落ちた物です。そういうのは、大体古くてボロボロですし」

チッ……ドラゴンの角だけ持ち帰って、俺が討伐した事にしてS級冒険者に認定されようと思ったのだが、そう上手くはいかないか。流石に古いドラゴンの角だと、拾っただけだというのがバレてしまうからな。

「ところで、ここからフランセーズへ戻るには、どうすれば良いのだ？」

「フランセーズですと、南西になりますね。真っ直ぐ南に進んでもらえれば、小さな村がありますので、そこで馬車に乗せてもらえば良いかと思います。ただ、今からだと真夜中になってしまうので、明日の朝に出発した方が良いと思います」

「そうか。では、明朝に出発する事としよう」

今晩、ロレッタが眠っている間に金目の物を貰って活動資金にしようと思うのだが……家の中を見渡してみても、大した物がないな。

霊薬の材料であるドラゴンの鱗や角は、そのままでは持ち運べないからと、小さく切り取って使う分しか持っていないようだし、装飾品の類もないのか。

「あ、そうだ！　トリスタン様。明日ここを発たれるという事ですので、今晩あなたを占わせていただけませんか？」

「占う？　構わないが……何故だ？」

「いえ、私は占星術が使えるのですが、自分自身の事は占えないんです。それで、久々に他の方を占いたいと思いまして」

「なるほど。今晩と言っていたが、今は占えないのか？」

「はい。私は星空の力を使うので。夜でないと占えないんです」

星空の魔法という事か？　そんなの初めて聞くな。まあ数日間世話になった訳だし、それくらい構わないだろう。

夜を待って、小屋の外で占いを始める事に。

「それでは、早速占わせていただくのですが、何か知りたい事などはありますか？　具体的な方が、より詳細に答えが出るかと思いますが」

「ふむ……では、俺様の剣の行方を探してもらいたい。ここへ吹き飛ばされる前に、ある男に奪われたのだ」

「その鞘に収まる剣の在り処《あか》ですね？　では、少しお待ちください」

そう言って、ロレッタが目を閉じると、月明かりだけの薄暗い場所で、ロレッタの身体が淡く輝き始めた。

上から下へと流れ落ちる小さな光の滝を見て、星屑が降り注いだかのような錯覚に陥ったところで、いつの間にか元の状態に戻っていたロレッタが口を開く。

「トリスタン様がお探しの剣は、南東にあるようです。ここから、かなり離れたところですね」

「南東か。具体的な地名などはわからないのか？」

「残念ながら、そこまでは」

ふむ。ロレッタは魔剣の方角を探る事ができるのか。こいつは、かなり使えるのではないか？

実際、魔剣を探すのに、アニエスたちがどこへ行ったのかなんて、見当もつかなかったからな。

「ロレッタよ。できれば、俺と一緒に来てくれないだろうか。失った剣は俺にとって非常に大切な物なのだ」

「え⁉　ですが、見ての通り私は黒髪で……」

「最初にも言ったが、俺は黒髪だという理由で人を判断などしない。ロレッタは俺の命の恩人でもあるし……そうだ。フランセーズに来てくれれば、王都に土地と家を与えよう」

「えぇぇぇっ⁉　わ、私……街に住んで良いのですか⁉」

「当然だ。だが、俺の剣探しには付き合ってもらうが」

「うーん。ですが、また黒髪だからと……」

「そんな事は俺の権限でさせぬ！　そして、フランセーズの王子として命ずる！　ロレッタよ、俺と行動を共にしろ！　これは命令だ！」

「わ、わかりました……」

ふっ。最初から俺様らしく、命令しておけば良かったのだな。

アニエスよ、待っていろ！　何としても、俺様の剣を取り返してやる！

決意を新たにしたところで、翌朝からロレッタの家を出て、南の村へ。

ロレッタが危惧していた通り、黒髪というだけで避けられているが、そこは金の力……もとい、俺の説得により南東に向けて馬車を走らせる。

それから、夜になる度にロレッタから魔剣の方角を聞き、海の国タリアナへとやって来て……アニエスと一緒に居る変な服の男から、無事に俺の魔剣を回収する事ができた。

「ふふふ……やった。やったぞ！　ようやく俺様の剣が戻って来た！」

「トリスタン様。あのような幼い子供たちをかどわかすなんて、聞いていなかったのですが」

「目的を達したのだから良いではないか。これも全てロレッタの協力があっての事だ。礼を言う」

「……この人、こればっかり」

ロレッタが小声で何か呟いていたが、どうやら王子である俺から礼を言われ照れているようだ。

ロレッタが戦闘に有効な魔法を使う事ができたなら、このまま俺に惚れさせ、便利に使ってやろうというものだが、こいつは占いと、ちょっとした暗闇を生み出す暗闇魔法しか使えない。

まぁこの暗闇魔法のおかげでアニエスの連れを簡単に攫《さら》う事ができ、魔剣が返って来たのだが。

いずれにせよ、探していた俺の剣を見つけた以上、もうロレッタに用はないな。

「ところで、トリスタン様。それが、探していた魔剣という物ですか？」

「うむ。先程、この剣の切れ味を見せてやる事ができなかったからな。そうだな……あの太い木を一太刀で斬ってやろう」

「えっ⁉　斧ではなくて剣ですよね？　というか、斧でもあの木を一撃では無理だと思うのですが」

ふっ。常人には理解し難いだろうが、現実を目の当たりにすれば考えも変わるだろう。

「魔剣よ、いくぞ！　その力を見せてやるのだっ！」

「……」

「む？　魔剣よ、どうした。しばらく俺から離れていたから、拗ねているのか？」

何故か、あのお喋りな魔剣が全く喋ろうとしない。意外にシャイで人見知りする奴だったのだろうか。

「まぁ良い。では、いくぞっ！　はぁっ！」

人気《ひとけ》のない場所に生えていた樹木に向け、喋ろうとしない魔剣を一閃する。

――カンッ。

俺の斬撃が木に当たった瞬間、固い物同士がぶつかる音がして、剣が弾き返された。

どういう事だ？　以前はこれくらいの木なら、軽々斬っていたというのに。

「魔剣よ。一体、どうしたというのだ。お前の力を俺様に見せてくれ」

「あの……先程から剣に話しかけていますよね？」

「いや、こいつは喋る剣なのだ。今は機嫌が悪いらしく、何も話そうとしないが」

「喋る剣って……あぁ、確かに魔法で生み出された剣のようですね」

「ほぉ。そんな事もわかるのか」

てっきり、ロレッタは探し物にしか役に立たないと思っていたのだが、俺の魔剣について何やらわかるらしい。

「ロレッタ。他に何が分かる？　できれば、再び本来の力を出せるようにしてもらいたいのだが」

「流石にそこまでは分かりませんが……あれ？　トリスタン様。この剣、刃がありませんよ？」

「は？　何をバカな事を。ちゃんとあるではないか」

改めて魔剣を見てみるが、しっかり剣の形になっている。

というか、そもそも鞘に収まっているからな？

「いえ、これは剣の形をしているだけですね。刃が研がれていませんよ？」

「むっ⁉　た、確かに！　どういう事だ⁉　まさか機嫌が悪くなって、刃を消したのか？」

「あの、トリスタン様。機嫌で剣の形が変わったりはしないと思います。あと、そもそもこの剣ですが、具現化魔法とかで作られているのではないかと」

具現化魔法？　何だ、それは？　名前からすると、具現化……何かを生み出す魔法か？

「ま、まさか……この魔剣は、誰かが作った偽物だと言うのか⁉」

「そこまでは分かりませんが、切れ味がすごい喋る剣があるというのであれば、別の剣ではないかと」

「くっ！　まさか、そんな魔法があるなんて。……ロレッタ！　すまないが、もう一度魔剣の場所を占ってくれ！」

「トリスタン様。あいにく私の魔法は夜にしか使えません。ただ、その剣は偽物である可能性が高いかと」

くそっ！　アニエスめ……やってくれたな！

必ず探し出して、今度こそ本物の魔剣を取り返してやるっ！

第六章　三人の聖女

トリスタン王子が現れた翌日。

すぐに救出したとはいえ、モニカちゃんが攫《さら》われてしまった事もあり、レナさんとララアさんがモニカちゃんにピッタリくっついている。それは別に良いと思うんだけど、どういう訳かリリーさんが私の、ルルゥさんがコリンの傍から離れない。

「あの、リリーさん。私はそんなに警護してもらわなくても大丈夫ですよ？」

「いえ、水の聖女様もお守りしないと、レナ殿が怖い……こほん。我々の任務は、水の聖女様とモニカ様を鉄の国ゲーマまでお連れする事です。任務はきっちり遂行させていただきます」

「はぁ……」

うーん。この感じだと、もう観光とかは無理よね。

とはいえ、またトリスタン王子が来るかもしれないし、もうそういう事はしない方が良いんでしょうけど。

「アニエス様、出発いたします。なお、この街で大型の馬車を手配できましたので、ここからは一台の馬車で全員一緒に行動したいと思います」

そう言って、レナさんがモニカちゃんを大きな馬車に乗せ、私たちも乗り込む事に。

そこからは、道なりにカタカタと馬車が進んで行くんだけど……ち、沈黙が辛い。というのも、先程の警護体制は馬車の中でも続いていて、私の隣にリリーさんが無言で座っている。

反対側の席にはコリンとルルゥさんが座っているけど……あー、コリンが耐えられなくなったのか、弓矢のお手入れをし始めた。

『アニエス！　窓の外を見るのだ！』

私もポーションを作ろうかな？　と思ったところで、イナリが念話を使って呼びかけて来たので、窓の外を見てみる。

『あの川を見てみよ！　大きな魚が跳ねたであろう。あれで思い出したのだが、前に捕らえた魚はいつ食べるのだ？』

ちょっと慌てた感じだったので、トリスタン王子か、一緒に居たすごい魔力を持つというロレッタさん絡みの話かと思ったんだけど、ご飯の心配だった。

まぁそれだけ平和というか、特に危険がないという事なのだろう。守ってもらっている事に感謝しなくちゃね。

考え方を改め、空気を変えるために他愛ない話題をモニカちゃんに振る。そこからは、皆で軽い雑談をするようになり、喋っている内にタリアナとゲーマの境目にある国境の街へ到着した。

ここは、タリアナ側でゲーマへの入国チェックも行うため、馬車の行列がすごく長い。前回は徒歩で、持ち運んでいる荷物の量が限られていたのに結構待ったから、馬車だともっと時間が掛かるのだろう。

この感じだと、街の中へ入れるのは夕方くらいになるのかも……と考えていると、ララアさんが馬車から降りてどこかへ行ってしまった。

「あの、ララアさんは、どちらへ？」

「街へ入る手続きです。流石に、モニカ様やアニエス様をお乗せしているのに、一般と同じ列に並ぶ訳には参りませんので」

なるほど。国境を越える際に、そんな方法があるのね。まぁかく言う私も、ゲーマからタリアナへ来た時には、フリーデさんに手伝ってもらったんだけどさ。

タリアナへ来た時の事を思い出していると、ララアさんが戻って来た。

「入国手続きについて、別の場所で対応いただけるようにいたしました。馬車の御者にはすでに伝えておりますので、しばしお待ちください」

ララアさんの言葉通り、馬車は入国に並ぶ列から外れ、違う場所へ。少し進んだところで馬車が止まり、どこかで聞いた事のある声が聞こえて来た。

「ふむ。火の国アトロパテから来られた、モニカ王女とその一行か。我が国の決まりで、失礼ながら他人のなりすましでないかを確認させていただきたい。申し訳ないが、全員馬車から降りていただけるだろうか」

言われて降りると、そこに居たのは……うん。思った通りフリーデさんだった。

「フリーデさん！　お久しぶりです」

「ん？　おぉ、アニエス殿！　こちらの方々は、以前に話されていた……」

「えぇ。あの新種の魔物の発生の元凶を封じる事ができる、火の聖女モニカちゃんです」

フリーデさんにモニカちゃんを紹介すると、深々と頭を下げて挨拶をする。

「はじめまして。私は鉄の国ゲーマで騎士隊長を務めるフリーデと申します。アニエス殿と一緒に、世界を救おうとなさっている方だと認識しておりますが、検査についてはご了承願います」

えっと、フリーデさん。それだと私が世界を救うって宣言したみたいに聞こえるけど、そんな大それた事は言っていないからね？　前に土の聖女ミアちゃんから、私が魔の力を封じようとしているって説明されたのは本当だけどさ。

ひとまず、私とコリンとイナリについては、元々面識のあるフリーデさんが確認し、すぐに検査は終了。後は、モニカちゃんやレナさんたちの検査が終わるのを待つだけで……まずはモニカちゃんが終わって、私たちの傍にやって来る。

「何の問題もなくて、良かったです」

「まぁここにいる皆は大丈夫よ。誰も悪い事なんてしてないもの」

「そうですね……ここを越えれば、あの男の人はもう追って来ないでしょうか」

「あー、トリスタン王子の事よね？　普通なら国境で止められそうなんだけど……あの人については何とも言えないかな」

こうやって正規のルートで国境を越えるのであれば、兵士さんたちがチェックしてくれるけど、そうでなければどうにかできてしまうのよね。実際、私たちだってソフィアさんを助けるために、時間がないからとミアちゃんを連れて、人気《ひとけ》のない国境の壁を飛び越え……げふんげふん。

正直言ってダメな事ではあるけれど、人命が懸かっていたので、許してほしい。

そんな事を考えている内に、レナさんやララアさんたちも検査が終わって外に出てきて、全員無事に国境の街へ入れる事になった。ただし乗って来た馬車は、御者さんのお仕事的に国を越えられないらしく、この街で王城のある元帝都ベーリンへ向かってくれる馬車を探さなければならない。

「ダメですか。料金なら、通常の二倍……いえ、三倍出しますが」

「悪いね。商売よりも命の方が大切だからね」

「くっ……もう、この街の貸切馬車には全て声をかけたのではないでしょうか」

海の国タリアナは、アトロパテと親交のある国なので、事前に国へ馬車を使えるように根回ししていたそうなんだけど、交流のないゲーマではそういう事ができていないらしい。

その上、ベーリンは魔物の巣になっているという噂が今も残っており、レナさんが馬車の調達でものすごく困っている。

私とコリンとイナリでベーリンに行った時は、廃墟ではあるものの、もう魔物はいなかったんだけど……残念ながら信じてもらえないみたい。

「……ふふふ。ヨゼフ様の予想通りね。ゲーマでは何があっても、あくまで普通の事故扱い。特別念入りに調査などはされないはず……」

「……タリアナまでは、予行練習だったからな。これからが我々の本気を出す時……」

「……冷たい川も、海鮮スープも、観光名所もないはずだから、我らが失敗する可能性など、万に一つもない……」

ララアさんたち三人が貸切馬車ではなく、少し離れた乗合馬車の停留場でコソコソ話しているけど……あ、そういう事ね！

「レナさん。ララアさんたちは、途中まで乗合馬車で行って、違う街で馬車を調達しようとしているのでは？」

「それは……本当に最後の手段ですね。モニカ様とアニエス様を、誰が乗ってくるかもわからない乗合馬車にお乗せするのはちょっと……」

「そ、そっか」

私は普通に乗合馬車に乗るんだけど……あー、でも、乗合馬車だとイナリが乗れないんだった。どうしようかと悩んでいると、どこからともなく聞いた事のある声が聞こえてきた。

「ふふっ、お姉さん。お困りのようねっ！」

声と共に、良く見知った顔の女の子が近づいて来る。服装が大きく変わっているけど……うん。ミアちゃんだ。

「ミアちゃん！　久しぶり……かな？」

「ここで見送って以来だから、そんなに日数が経ってないかも」

「あはは、そっか。ミアちゃんの雰囲気が違っているから、久しぶりって思っちゃったのかも」

そう言うと、ミアちゃんが嬉しそうに笑みを浮かべながらその場でクルクルと回り、いかにも聖職者って感じの白い服を見せてくれた。

「これは、お姉さんやフリーデさんのおかげだよー！　ミアが土の聖女だってちゃんと認められて、国から聖女らしい格好をするようにって、支給してもらったんだー!」

「えっ!? アニエス様、横からすみません。こちらの方も聖女様なのですか!?」

「あ、紹介せずにごめんね。こちらは土の聖女のミアちゃんよ」

目を丸くして驚くモニカちゃんに、まずはミアちゃんを紹介する。

「あと、ミアちゃん。この子は火の聖女のモニカちゃんで、こちらは護衛のレナさんと、ララアさんにリリーさん、ルルゥさんよ」

続いてミアちゃんに紹介すると、モニカちゃんが丁寧に頭を下げる。

「初めまして、ミア様。アトロパテより参りましたモニカと申します。どうぞよろしくお願いします」

「こ、こちらこそ……お、お姉さん。ちょっと」

ミアちゃんがモニカちゃんにお辞儀をしたと思ったら、私を連れて距離を取り、小声で耳打ちしてくる。

「あ、あの子って、ドワーフ族じゃなくて、人間だよね?」

「そうだと思うよ?」

「って事は、見た目通りに十歳前後でしょ!? しっかりし過ぎじゃない!? なんていうか、気品が溢れているというか、オーラみたいなものがあるんだけどー!」

「あー、モニカちゃんはアトロパテのお姫様だからねー。途中までは騎士団に護送されて来たし」

「お、お姫様っ!? お、お姉さん。一体何がどうなって、そんな人と知り合いになったのーっ!?」

ミアちゃんがものすごく驚いているけど、私からするとミアちゃんも十分すごいと思うんだけど。自ら土の聖女だってアピール活動を行って、周囲をその実力で認めさせたし、いろんな村で人気があったし。

まぁ私も太陽の国イスパナでは知名度がありそうだけど……でも、水の聖女じゃなくて土の聖女と間違われているんだけどね。

「それより、ミアちゃんはどうしてここに？」

「あっ！　そうだった。あのね、何か旅の人が馬車が見つからなくて困っているって聞いたから、とりあえず話を聞きにきたんだよー。そうしたら、お姉さんがいたから驚いちゃって、すっかり忘れてた」

ミアちゃんは私を見かけたから来てくれた訳ではなく、誰かもわからないけど、困っていそうな人がいると聞いたから来た……って、やっぱりすごいなぁ。

ひとまず、事情を説明するためにミアちゃんと共に皆のところへ戻り、元帝都であるベーリンに行きたいという事を話す。

「んー、じゃあベーリンの近くの街まで行こー！　そうだねー、スコンフェルドっていう街があるから、そこまで馬車で行って、あとは歩いて行けばいいよー！」

「ミア様。しかしながらモニカ様はお身体があまり強くなく、体力がないのです。それに、刺客の事もありますし……」

「レナさん。私なら大丈夫です。それより、嫌だと言っている馬車の御者さんに無理矢理行っていただくよりは、ミア様の案が良いかと思います」

鉄の国に住んでいるミアちゃんが、具体的な行き先を提示してくれたので、これで話が進むかな？　と思ったんだけど、レナさんが難色を示し……ミアちゃんがレナさんを宥《なだ》める。

「ですが……うぅ、わかりました。でも、最短距離で行き、どこにも寄ったりしませんからね？」

「じゃあ、決まりだねー！　お姉さんもいる事だし、ミアも一緒に行くよー！」

「えぇぇっ!?　土の聖女であるミア様まで!?　ご、護衛が……護衛の数が足りないっ！」

レナさんが頭を抱えているけど、見た目こそ幼いものの、ミアちゃんは強いんだけどね。

それから、ミアちゃんがスコンフェルドへ行ってくれる馬車を探してくれたんだけど、行き先がベーリンではないからか、それともミアちゃんが頼んでいるからか、あっさり馬車が見つかった。

なので、早速出発！　となったんだけど、馬車に乗ってすぐにミアちゃんがゲンナリしている。

「ねー、お姉さん。この人、何とかならないのかなー？」

「護衛のためです。申し訳ありませんが、ご理解ください」

トリスタン王子による、モニカちゃんとコリンの誘拐事件により、ララアさんがミアちゃんに貼り付くようにして座っている。

「ごめんね。ゲーマへ来る前に、ちょっとトラブルがあってね。それ以降、こんな風になっちゃったんだ」

「ミアは別に守ってもらわなくても大丈夫だよー？」

「ですが、万が一という事もございますので」

ミアちゃんとはいろいろ話したい事もあるんだけど、ララアさんが私たちの間に座っていて、じっとモニカちゃんを見つめているので、正直ちょっとお話ししにくい。

それに、私は私でリリーさんがずっと隣にいて、じーっと見つめられているし。

……護衛として隣に居るのはともかくとして、じっと見続ける必要はあるの？

「お客さん方、スコンフェルドだよ」

「オジサン、ありがとー！」

「いえいえ、ミア様の頼みとあれば断れませんよ。これからも、我々の事をどうぞお守りください」

そうこうしている内に目的地へ到着し、御者のオジサンが、ミアちゃんに恭《うやうや》しく頭を下げる。

『……アニエスよ。あの男の話しぶりからすると、土の聖女が頼めば、目的地まで運んでくれるのではないか？』

いやまぁイナリの言いたい事はわかるけど、一応ベーリンの隣の街までって依頼だからね。そこは触れずにいてあげようよ。

「お姉さん。スコンフェルドの街はねー、大きな運河があるんだよー。今は急いでそうだから、また時間がある時にでも、ゆっくり見てね」

「えぇ、そうさせてもらうわ。ありがとう」

本当は新しい街に着いたらいろいろと見て回りたいんだけど、トリスタン王子の件もあるし、早めに出発したい。そう思っていると、誰かのお腹がくぅっと鳴る。

「あ、あはは。ミア、実はまだお昼ご飯を食べてなかったんだー」

「私たちもまだだし、ベーリンにはご飯屋さんがないから、この街でお昼にしましょうか」

お腹が鳴ったのはミアちゃんだけだけど、この街で食べておかないと、後々大変な事になりそうなので、ミアちゃんのオススメのお店へ。

「ここはねー、手作りソーセージが絶品なんだよー！　あ、ミアはメニューの、ここからここまでくださーい！」

「相変わらず、ミアちゃんはたくさん食べるのね……」

「育ち盛りだもーん！」

えっと、ミアちゃんはドワーフ族だから見た目は幼いけど、私より年上よね？　あと、コリンとイナリも、ミアちゃんの真似して頼まないように。絶対に食べ過ぎだってば。

それから、皆で昼食を済ませて出発したんだけど、街中で突然ミアちゃんが足を止める。

「あ！　ごめん。ちょっとお花を摘んでくるね」

「では、私もご一緒いたします」

「えぇ……まぁいっか。じゃあ、行ってくるー！」

そう言って、ミアちゃんとララアさんが大通りから路地へ入っていくと……

「きゃぁぁぁっ！」

すぐに奥から女性の悲鳴が聞こえてきた。

慌ててミアちゃんたちの後を追うと、ララアさんが倒れていた。

「ララアさんっ⁉　大丈夫ですかっ⁉」

どうやら気絶しているらしく、路地の奥で倒れて動かないララアさんに神水を飲ませようとして、ミアちゃんから待ったがかかる。

「お姉さん、待って。その人を起こしちゃダメ」

「えっ⁉　どういう事⁉」

「その人を気絶させたのはミアなの。路地へ入ったところでいきなり襲いかかって来たから、回し蹴りと当て身で吹き飛ばしたの」

「ララアさんが襲いかかって来た⁉　ミアちゃんに⁉」

訳が分からず、思わずレナさんと目が合ったところで、イナリが念話で話しかけてきた。

『アニエスよ。その者と、向こうでヒソヒソと話している二人は、何やらずっと暗躍しておったようだぞ。ものすごく稚拙だったのでしばらく放っておいたのだが……おそらく、狙いはアニエスや火の聖女。そこへ土の聖女まで現れ、焦って行動に移したのではないか？』

「えぇっ⁉　ララアさん、リリーさん、ルルゥさんの三人が、私やモニカちゃんを狙っていたのっ⁉」

イナリの念話を聞いて、思わず声に出して驚くと、リリーさんとルルゥさんが顔を引きつらせる。

「な、な、何を言っているんですか。私たちはアニエス様とモニカ様の護衛です。そ、そ、そんな訳ないじゃないですか」

「そ、そうですよ。ララアが土の聖女様に襲いかかる理由もありませんし、おそらく土の聖女様の勘違いではないかと」

「……勘違いねー。そこにミアが蹴り飛ばした短剣が落ちているけど、どうしてララアさんは短剣を抜いているんだろうねー」

言われて目を向けると、確かにミアちゃんの言った通り短剣が落ちていて、ララアさんが腰に差している短剣が鞘だけになっていた。

「こ、これは罠ですっ！　土の聖女様とアニエス様は、元々知り合いだった様子。グルになって、我々をハメようとしているのですっ！　モニカ様、レナ殿！　騙《だま》されてはいけませんっ！」

「私とミアちゃんが、ララアさんたちを罠にかける理由がないんだけど」

「きっとアニエス様は、アトロパテから遠く離れたこのゲーマの国で、モニカ様を亡き者にしようと考えているに違いありません！」

「そんな事を考えている訳がないし、仮にそんな事を考えていたとしたら、そもそもモニカちゃんを治療してないでしょ」

無茶苦茶な事を言われて呆れていると、モニカちゃんとレナさんがこちらについてくれた。

「アニエス様の仰《おっしゃ》る通りかと思います。アニエス様と過ごした期間は短いですが、命の恩人である事を差し引いても、信頼に足るお方だと思っております」

「そうですね。聖女と呼ばれるようなお方が、モニカ様を亡き者にしようと企むなど、考えにくいですね。……リリーさん、ルルゥさん。正直に話しませんか？　そうすれば、拷問……こほん。後の処理も迅速になりますし」

一瞬、レナさんから変な言葉が聞こえた気がしたけど、ただ言い間違えただけ……だよね？　そうだよね？

モニカちゃんとレナさんがミアちゃん側についても、リリーさんもルルゥさんも、ララアさんを庇《かば》う。普段から、よく三人一緒で行動しているからララアさんを庇《かば》おうとしているのか、それともイナリの言う通り三人が裏で何かしているから庇《かば》うのか。

だけど、お互いに決め手となる証拠がなく、平行線の言い合いが続いていると、意外なところから声が掛かる。

「ミア様！　私はここから見ておりました！　ミア様がその倒れている者に襲われそうになっているところを！」

「オラも見ただ！　ミア様は悪くないべ！」

「ミア様に危害を加えようとするなんて、許せないっ！」

いつの間にか、路地に怒気を孕んだ周辺の住民が集まっていて……リリーさんとルルゥさんが、震えながら抱き合っていた。

「み、皆さん待ってください。ミアちゃんの疑いを晴らしてくれたのは、本当にありがとうございます。ですが、後は私たちで解決いたしますので」

「そうだね！　皆ー、ミアの疑いを晴らしてくれて、ありがとー。お姉さんの言う通り、後はミア達で話し合うから、それぞれのお仕事に戻ってー！」

殺気立っていた周囲の住人たちが、ミアちゃんの言葉で渋々といった感じで戻っていく。

今回は非常に助かったけど、ミアちゃんは人気があって注目を集めるから、気をつけないとね。

「アニエス様、ミア様。そしてモニカ様も。この度は、我々アトロパテの者が誠に申し訳ありませんでした」

「えーっと、レナさんが頭を下げなくても……」

「いえ。この者たちは、今でこそ別の役割を担っておりますが、元は私の同期です。誠に申し訳ありません」

あ、そうなんだ。レナさんはモニカちゃんの侍女としての役割の方が強いように思えるけど、元はレナさんも護衛のお仕事をしていたのか。確かに、護衛も兼務していたもんね。

「本来ならば、この三名の首をはね、私も自害するべき所ではありますが、ここはアトロパテから遠く離れたゲーマの地です。ここで何かありますと、ゲーマの国にご迷惑をおかけしてしまいますので、この者たちをアトロパテまで連れ帰る事をご容赦いただけないでしょうか。いえ、もちろんこの国の法に則り、投獄というのであれば、もちろん従います」

「ミアは構わないけど、法って言われると、わからないかなー。フリーデさんに相談してみたら？」

「あ、そうね。さっきの街に居た女性の騎士さんのことなんですが、フリーデさんならそのあたりも詳しいでしょうし。とはいえ、今すぐあの街へ戻るのは困るかな」

ようやくここまで来たのに、さっきの街へ戻るのはどうかなと思っていると、リリーさんが口を開く。

「先程は我々もララアを庇《かば》うため、なりふり構わない発言となってしまい、誠に申し訳ありませんでした。そこで提案なのですが、我々二人でララアを見張っておきますので、その間にアニエス様たちは目的地へ……」

「却下！　言っておくが、リリーもルルゥもララアの共謀者だと私は疑っている。本来であれば、自国へ送還などではなく、この場で拷問し、動機と背後関係を自白させた上で、即斬首ものだ！　ただ、アニエス様に急ぎのご用件があるから、延命してもらっているのだと思え」

レナさん。あまりモニカちゃんの前で強烈な発言をしないようにね。気持ちは分かるけどさ。

とはいえ、このララアさんたち三人はどうしよう。連れて行くと、また変な事になるかもしれないし、置いていけば逃げられる可能性がある。イナリなら拘束するような魔法とかも使えるかもしれないけど、今は普通の狐の魔物のフリをしているのよね。

「ミア様！　話は聞かせていただきました！　そういうことなら、この私に一肌脱がせてください！」

「私もやるよっ！　要はこの三人を見張っておけば良いんでしょ？　兵士たちの詰所にある牢屋を使わせてもらおう！」

「俺も手伝うぜ！　とりあえず、詰所に運ぼう！」

再び周囲の住民たちが集まって来て、ミアちゃんに協力してくれる。それ自体は良いんだけど、メチャクチャ話を聞かれているわね。

まずはレナさんに確認すると、三人をこの街の牢屋に一旦入れておく事で良いと言っているので、次にミアちゃんの意見も聞こうとすると、プルプルと身体を震わせていた。

ミアちゃんは街の人たちと仲が良いから、その人たちが協力してくれることに感動しているみたい。そんなミアちゃんが何か言いたそうにしているので、言葉を待っていると……

「あ、あの……ごめん！　ミア、トイレに行って来るっ！」

そう言って、ミアちゃんが奥へ走って行った。……そういえば、お花摘みに行くって言って路地に入ったんだったね。

――旅費を踏み倒される占星術師ロレッタ――

「ロレッタ！　星が輝きだした！　魔剣の場所を教えてくれ！」

夜になり、トリスタン様に魔剣の場所を占うように指示されたので、早速星に導いてもらう。

星々が指し示す先は……海の国タリアナの、ある街の名だ。

「トリスタン様。魔剣はまだ街のどこかにあるようです」

「それはわかっている。あのアニエスたちが本物を持っているのであろう。だが、おそらく奴らはすぐに姿をくらませるはずだ。奴らがどこへ向かうつもりかを教えてくれ」

アニエスさんという女性と、一緒に居た髪の長い男性、そして私が誘拐の一端を担ってしまった少女の三人からは、すごい魔力を感じた。

特にあの男性は、私の家の近くに居るドラゴンたちが束でかかっても勝てない程で、底が知れない。たとえるならば、魔狼フェンリルとか、何かの亜神とか……できる事ならば、トリスタン様はもう近づかない方が良いと思う。そう思いながら占ってみると、ベーリンという名前が出た。

「トリスタン様。アニエスさんたちは、ベーリンという場所へ向かうようです」

「ベーリン……鉄の国ゲーマの東側にある旧帝都か。あんな場所へ何をしに行く気なのだ？　今は廃墟で何もないはずなのだが」

「そうなのですか？　知りませんでした」

「いや、待てよ。魔剣は元々ベーリンに置かれていたな。もしかして奴らは、魔剣の真の力を解放する手段を知っているのかっ⁉」

魔剣というのが未だに何かわからないけど、トリスタン様はそれに異様に執着している。真の力とは何だろうか。

「トリスタン様。魔剣の真の力とは？」

「いや、あくまで俺の推測に過ぎないが、今や廃墟であるベーリンへ奴らが行く理由がない。だが、俺様の剣は元々ベーリンの城の中にあったのだ。その事から、奴らがあの剣の力をさらに引き出す方法を得たのかと思ってな」

「なるほど」

そうなると、あの男性がさらに強くなってしまうという事かしら。流石にそれは避けた方が良い気がする。あれだけの力を持った方たちが、間違った道へ進んでしまったら……すでに一度誤った道へ進みかけてしまった私が言える事ではないけれど。

「ふむ。今日は夜も遅い。出発は明日にして、今日は街の宿で一泊しよう」

「そうですね」

元々宿は取ってあったので、自分の部屋で眠りに就いたのだけど……翌朝、いつまで経ってもトリスタン様が現れない。流石に変だと思い、宿の店主に言ってトリスタン様の部屋の扉を開けてもらったのだが、もぬけの殻となっていた。

「あー、なんだ。まぁ人生いろいろあるが、男に逃げられたくらいで自暴自棄にならないようにな」

「ど、どうも」

店主に変な心配をされつつ、部屋の中を見渡し……テーブルの上にメモを見つけた。

――ロレッタへ。魔剣を奪還する方法を思いついた。しかしながら、潜伏行動をとる事になるため、しばしその宿で待っていてもらいたい。トリスタン――

トリスタン様が隠密行動を取るために、単身でベーリンへ向かわれたと。

理由はわかりましたが、本当に大丈夫でしょうか。行き先は鉄の国ゲーマのベーリンだとわかっているし、トリスタン様に連れて行っていただいた占い師ギルドで、A級占い師に認定されているから、一人で移動もできる。

相手は規格外のすごい人ばかりだし、トリスタン様を助けに行かなきゃ！

早速馬車でゲーマへ向かおうとしたんだけど、予想外の人に止められる。

「ちょっと待ってくれ。宿代二人分を頼む。あと居なくなった男性は、ルームサービスで高級葡萄《ぶどう》酒を頼んでいるから、その分も」

トリスタン様……ここまでの旅費は全て私持ちなんですけど。

＊　＊　＊

少ししてミアちゃんが戻ってきた後、ララアさんたち三人は街にある兵士さんたちの詰所へ連れて行かれた。

兵士さんたちも最初は困惑していたけれど、ミアちゃんがいる事と、何より街の人々がある事ない事を話して……流石にララアさんたちが魔王を復活させて、世界を滅ぼそうとしているっていうのは話を膨らませ過ぎでどうかと思うけど、何とか牢で監視するという話になった。

「ミア様。この三人は、私たちが交代で見張っていますので、先に急ぎのご用件を済ませて来てください」

「え、えーっと、皆も兵士さんも、ごめんね。迷惑をかけちゃって」

「何をおっしゃいますか。ミア様のおかげで、我々はこの地で暮らす事ができているんです。これくらい気になさらないでください」

結局、街の人たちに押されて、先にベーリンへ行く事に。

イナリの意見じゃないけど、この街でミアちゃんが声をかければ、馬車を出してもらえそうな気もする。でもすでに十分貢献してもらっているし、万が一魔物が現れたら……まぁイナリがいるから大丈夫だとは思うけど……危険な目に遭わせるのは良くないので、やめておいた。

ただ、ミアちゃんもモニカちゃんもドレスみたいな服だから、徒歩での旅には向いてなさそうだけど、大丈夫かな？

「ミア様は土の聖女として、この街を守っていらっしゃるから、このように親しまれているのですね」

「うーん。街を守っているかは分からないけど、街の人たちから名前や活動を覚えてもらえたのは嬉しいかな」

街の人たちに見送られながら出発すると、モニカちゃんがミアちゃんに尊敬の眼差しを向ける。

同じ聖女でも、ミアちゃんとモニカちゃんは立場が違うから、活動が違うもんね。

まぁ私はフランセーズに留まっていないし、そもそもフランセーズで聖女って認識されていないから、二人とは全く方向性が違うけど。

「そういえばミアちゃんって、土の聖女としてどういう活動をしているの？」

「え？　えーっと、お姉さんと一緒にいろんな村を回って土を浄化したり……」

「うん。一緒にいろんな村を回ったけど、あの時は大変だったわよね」

「そうだよねー！　いやー、頑張った甲斐があったよね！　うんうん、頑張った頑張った」

そう言って、ミアちゃんが口笛を吹きながら歩きだす。

「……ミアちゃん。活動……は？」

「あ、お姉さん！　見てみてー！　山が綺麗だよー！」

「……」

「うぅ、無言はやめてよー！　ミアだってちゃんと活動してるんだよー！　その、主に畑関係で」

「立派じゃない。別に隠さなくても良いのに」

「えー、だって、お姉さんはもっとすごいから、言う程でもないかなーって思っちゃって」

いやいや、太陽の国イスパナだって、私が畑に神水を撒いて土の聖女って言われていたんだから。村の人たちにとっては言うまでもなく、国にとっても農作物ってすごく重要だからね？

「アニエス様もミア様も、国民の皆様と接していらして、本当に素晴らしいです。私も、お二人のような立派な聖女になれるように頑張りたいと思います」

「えーっと、多分モニカちゃんが一番すごいと思うんだけど。その年齢で、それだけの事を考えているんだもん」

「そうだよー！　ミアなんて、モニカちゃんくらいの頃は、毎日お昼ご飯と晩ご飯の事しか考えてなかったからね？」

私もミアちゃんと同じで、モニカちゃんくらいの年の頃は、毎日ご飯の事ばかり考えていたかも。巫女の村で育ててもらったから、毎日お仕事と修行の日々だったたし。

そんな事を考えている内に、何事もなく鉄の国ゲーマの旧帝都ベーリンに到着した。とはいえ、時々イナリが姿を消していたから、事前に周囲の魔物を倒してくれていたみたいだけど。

皆でベーリンの街へ足を踏み入れると、レナさんが暗い表情でつぶやく。

「これは、酷い……」

「ここは元々帝都というだけあって、たくさんの家やお店が並んでいて、大勢の人が住んでいたの。それなのに、こんな事になっちゃって……」

「ミア様。ここに住んでいた人たちは、無事に逃げおおせる事ができたのでしょうか」

「うん。魔物が一気に攻めて来た訳ではなくて、元々街の周辺に居た魔物が、少しずつ変異して強くなっていった感じだったから、判断が早い人から徐々に逃げて行ったよ。その後、国が帝都を捨てるって判断して、住人に勧告が出て総出で移動する事になった時も、騎士さんたちが街の人たちを守ってくれたしね」

レナさんとミアちゃんの話をモニカちゃんが心配そうに聞いて来たけど、最後の言葉で私も一緒に安堵する。

今は人が住めるような状態ではないけれど、この街で生まれ育った人や、この街に強い想いがある人だっているはずだから、いつかこの街が復興すれば良いと思う。

だけど、そのためにも、まずはモニカちゃんに魔剣が封印されていたと思われる祭壇を確認してもらわなきゃ。

どうなるかは全くわからないけど、きっと何かしらの良い事に繋がると思うし。

「モニカちゃん。あっちにお城の跡があるんだけど、そこで火の神のシンボルを見つけたのよ」

「火の神のシンボル……ですか？　一体、どのような物でしょうか」

「見てもらうのが一番早いとは思うんだけど、どことなく炎を表しているような感じのマークね」

「なるほど。アニエス様は博識なのですね。恥ずかしながら、私は火の聖女と呼ばれているのに、火の神のシンボルを見た事がございません」

えーっと、前にゲーマのお城へ来た時に、祭壇っぽいところに同じマークが幾つかあるのをコリンが見つけて、イナリが火の神のシンボルだって教えてくれたんだけど……ど、どうしよう。イナリは私がテイムした魔物って事になっているから、教えてもらったとは言えないし……と、困惑していると、ミアちゃんが助け船を出してくれる。

「お姉さんはいろんな国を回っているからねー。太陽の国イスパナで太陽の聖女にも会っているんだよね？　イスパナは太陽の聖女が政治にも関わる国だから、そういう情報もたくさんありそうだよね」

「えぇ、そうね。イスパナで太陽の聖女のビアンカさんに会った時、いろいろ教えてもらったのよ」

「アニエス様はすごいです。私もアニエス様のように、いつか世界を見て回り、さまざまな知識を得たいです」

モニカちゃんが目をキラキラと輝かせて見つめてくるけど……ご、ごめんねっ！　私もイナリに教えてもらっただけだから！　水の聖女って言われているけど、水の神様のシンボルとか知らないからっ！

内心、後ろめたく思いながら廃墟となった城へ歩いていき、ようやく目的地である、魔剣が封印されていたと思われる祭壇に到着した。

「これは……確かに何か不思議な力を感じる気がしますね」

「えぇ。確かここに……この炎に見えなくもないマークが、火の神のシンボルなのよ」

「ちょっと見てみますね」

モニカちゃんに火の神のシンボルを指し示す。恐る恐るそこにモニカちゃんが手を伸ばし、指先が触れる。

その途端に……モニカちゃんが突然倒れてしまった。

「モニカ様っ!?」

大慌てで私とレナさんがモニカちゃんを抱きかかえ、神水を飲ませようとしたんだけど、イナリに止められる。

『待つのだ。この感じは……今この者は、先代の火の聖女が作った火の神のシンボルに触れたことで、その力を継承しているのであろう』

前の火の聖女の力を継承!? そんな事ができるの!?

イナリに詳しく話を聞きたいけれど、すぐ傍にレナさんとミアちゃんがいるので、難しい。

だけどイナリに言われた通り、ひとまず神水を出すのを止めると、レナさんが険しい表情で私を見つめてくる。

「アニエス様! どうして水の聖女のお力で、モニカ様を助けていただけないのでしょうか!」

レナさんはイナリの声が聞こえていないから……とはいえ、イナリの事を話す訳にもいかない。

「待ってください。モニカちゃんは、前の火の聖女様が残した、この火の神のシンボルに触れました。これにより、モニカちゃんは今、火の聖女の力を受け継いでいるところなので、信じて待ちましょう」

「え⁉　そうなのですか⁉　か、畏《かしこ》まりました。アニエス様がそう仰《おっしゃ》るのであれば、間違いないのでしょう」

そう言って、レナさんが心配そうな表情を浮かべ、モニカちゃんの様子を見守る。

その一方でミアちゃんが、何それ詳しく聞きたい……という目を私に向けてくる。

ごめんね。私もイナリに教えてもらっただけだから、詳しい事はわからない……と、心の中で謝りつつ、しばらくモニカちゃんの様子を見る事にした。


――先代の夢を見る火の聖女モニカ――


……あら？　ここはどこなのでしょう。

アトロパテの王宮のようではありますが、知っている方が誰一人いませんし、よく見るとアトロパテとは違う紋章の描かれたマントを身に着けている人がいます。

「ガブリエラ様。どうか我が国を助けていただけないでしょうか」

「わかった。魔の力とあれば、放っておく訳にはいかないからね」

「ありがとうございます！　これで、我が鉄の国ゲーマも安泰です」

アトロパテとは違う紋章の騎士さんが、私に向かってガブリエラと呼びかけてきますが、一体どういう事でしょうか。ガブリエラは確か、お婆様のお婆様……かなり前の女王の名前だったはずです。

そんな事を考えていると、アトロパテの紋章が描かれた服を着た方が近寄ってきました。

「お待ちください、ガブリエラ様！　今は東の国から攻められているのです。こんな時にガブリエラ様が国を離れられてしまうと、騎士や兵士の士気に関わります」

「それは騎士団長の貴方が何とかしなさい。他国からの攻撃は、人の力で食い止める事ができるが、魔の力は聖女でないと止める事ができないのは知っているだろう？」

「ですが……それならば、他の聖女に頼めば良いではないですか！　ゲーマであれば、近くに土の聖女や風の聖女、星の聖女がおられるのでは!?」

「土の聖女と星の聖女は、まだそれぞれの神様が新しい聖女を選定していないんだ。どちらも、先代聖女が亡くなったショックから抜け出せていないみたいでね」

「では、風の聖女が魔の力を封じれば良いかと」

「風の聖女は……まぁアレだ。自由奔放が過ぎるからね」

そう言って、私は深いため息と共に立ち上がり、先程近寄って来た方に出発の指示を出します。

「とにかく、魔の力が関わっているなら、時間との勝負だ。今すぐ出発するよ！」

「か、畏《かしこ》まりました」

そう言うと、先程の男性は引き下がりました。それから、私は謁見の間を出て、お母様の部屋へ。

やはりここはアトロパテの王宮で間違いないようです。お母様の部屋には小さなベッドがあって、可愛らしい女の子が眠っています。

「クリスティーナ。お母さんは、ちょっとだけ出掛けて来るからね。すぐ戻るから心配しなくても良いからね」

眠る女の子に囁きかけながら、その小さな頭を撫でます。クリスティーナは私の曽《ひい》お婆様のお名前なので、やはり私は今、ご先祖様であるガブリエラ様の夢を見ているという事でしょうか。

そう思った瞬間、一気に場面が変わり、見知らぬ祭壇の前に移動しました。

「ガブリエラ様。こちらが、用意させていただいた祭壇です。魔剣と、その鞘に合わせて作っております」

「わかった。では、ここに火の神のシンボルを刻印する」

そう言って、私が——ガブリエラ様が祭壇に手を当てると、掌が熱くなり……手を離した時には、どこかで見たマークが刻まれていました。

「この祭壇は鞘と剣を合わせたサイズで作られているから、鞘も一緒でないと魔の力を正しく封じる事ができないよ。それを忘れないようにね」

「承知いたしました。この度は、遠いゲーマまでご足労いただき、本当にありがとうございます」

「構わないよ。魔の力は人類の共通の敵だからね。……本当は人間の国同士で争っている場合ではないんだけどね」

ガブリエラ様がそう言って溜息を吐くと……突然視界が真っ暗になってしまいました。

＊　＊　＊

「アニエス様……流石に時間が経ち過ぎではないでしょうか」

「だ、大丈夫よ。モニカちゃんを信じて」

レナさんにそう答えながらも、私もちょっと不安になってきた。

チラッとイナリに目をやるけれど、子狐姿のイナリは私の視線に気づいているのかいないのか、何も言ってくれない。

そしてさらに時間が経って、レナさんが立ち上がる。

「アニエス様！　やはり、もう待てません。どうか、水の聖女様のお力で……」

「……ん。レナさん、どうしたのですか？」

「モニカ様っ！　よ、良かったです！」

ようやくモニカちゃんが目を覚まし、レナさんが今にも泣き出しそうな表情で安堵していた。

モニカちゃんは立ち上がると、祭壇の隣まで歩き、くるりと私たちを振り返る。

「アニエス様。先程、この火の神のシンボルに触れた時、先代火の聖女であるガブリエラ様の記憶の一部を垣間見る事ができました」

「あ、本当に……こほん。そうだよね。そんな感じがしたのよ」

「はい。ですが私は火の聖女としては未熟で、ガブリエラ様が作ってくださったこの祭壇を使って魔の力を封じる事はできるのですが、新たに別の封印を施す事はできなそうです」

「なるほど。でも、この祭壇を使う事はできそうなのね？」

「その通りです。この祭壇は魔の力を宿した剣を封じるために作られた物。ですから魔の力を宿した剣を、ここで私が封じたいと思います」

つまり、この祭壇に魔剣を置けば、モニカちゃんが封印してくれるっていう事ね。魔剣は……イナリの異空間魔法の中か。

じゃあ早速取り出してもらって……って、シルバー・フォックスっていう魔物のふりをしているイナリが、突然異空間魔法を使いだしたら、おかしな事になっちゃう！

「え、えーっとー。確かー、こっちの方に魔剣を隠しておいたのよ。どこだったかなー？　コリン、イナリ、探すのを手伝ってくれる？」

「え？　お姉ちゃん、そうだっけ？」

私が祭壇から離れると、コリンが不思議そうに首を傾げながら来てくれた。一番重要なイナリは、来てくれているけど、察している感じではなさそうね。

「……コリン、イナリ。異空間収納の事は言えないから、このあたりで見つけたって事にするわよ」

「あ！　そ、そっか。オッケー、わかったよ。お姉ちゃん」

『そういう事か。わかった……が、触れぬように気をつけるのだぞ？』

……そうだった！　触れるだけでも危険な物を、どうやってここまで運んで来たのかって話になるよね。

あと、それをどうやって祭壇に載せるのか。

イナリの本来の姿の事を正直に話すのが一番良いのだろうけど、それは本当に最後の手段だ。

あの魔剣はトリスタン王子が持っていたのを、イナリが花の国ネダーランで異空間収納に格納してくれたんだけど、あの時は私たちしか居なかったから、そんな力がある事をミアちゃんも知らない。

魔剣の悪用を止めるって意味では、このままイナリが持っていてくれても良いんだけど、ちゃんと火の聖女の力で封じてもらった方が良いと思う。

でも、異空間収納の話を出さずに、どうやって隠したのかと聞かれたら……あ！　これだっ！

『む？　アニエスよ。氷魔法で何をするのだ？』

「ふふっ、これなら良いかなって思って。イナリ、この中へ魔剣を出してくれる？」

『なるほど。確かにそれなら大丈夫そうだな』

という訳で、氷魔法で作った細長い箱の中へ神水を注ぐと、イナリにそこに魔剣を出してもらった。その氷の箱を持ってモニカちゃんたちの所へ戻る。

「あったわ。これがゲーマとネダーランを無茶苦茶にした魔剣よ」

「これが……この剣のせいで、このベーリンの街が壊れたのね」

ミアちゃんが魔剣に悲しそうな視線を向ける。

「えぇ。だから、モニカちゃんに火の聖女の力で封印してもらいたいの」

私が氷の箱を祭壇の前に置くと、モニカちゃんが箱の外から魔剣を確認し始めた。

魔剣と祭壇を交互に見て、時折何かを思い出すように目を閉じていたモニカちゃんが、少しして

口を開く。

「アニエス様。残念ながら、私にはこの魔剣を封じる事はできないようです」

「えぇっ!? ど、どうしてっ!?」

「先程も申し上げた通り、未熟な私には新たな封印を作り出す事ができず、前の火の聖女ガブリエラ様が作られた封印を再利用する事しかできません。そしてこの祭壇は、魔剣を鞘ごと封印する作りになっているのです」

「つまり、魔剣の鞘もセットじゃないと、封印できないって事!?」

そう言うと、モニカちゃんが「その通りです」と、申し訳なさそうに頭を下げる。でも逆に言うと、魔剣の鞘さえ見つかれば、モニカちゃんが封印できるという事ね。

問題は鞘がどこにあるかって話だけど……あれ？ 確か魔剣の鞘について、最近話したような気がする。どこで鞘の話をしたんだっけ？

『ふむ。魔剣の鞘が必要という事は、あのバカを探さねばならぬという事か』

あー、どこで話をしたのかと思ったら、トリスタン王子に再会した時か。イナリが魔剣そっくりの剣を具現化魔法で作って、追い払ったのよね。

「……って、待って！ 鞘が必要っていう事は、トリスタン王子だけじゃなくて、あのロレッタさんに遭遇する可能性があるって事!?」

「アニエス様。ロレッタさんというのは、あの時の……」

「えぇ。すごい魔法の使い手みたいね」

「そう……ですね。確かにあの女性からはすごい力を感じました」

不安そうなモニカちゃんと目が合うと、ロレッタさんの事を知らないミアちゃんが、不思議そうに小首を傾げる。

「お姉さん。察するに、その魔剣の鞘を持っているのが何とかって王子で、その従者がロレッタって人なのかな？　でも、すごい魔法の使い手って言っても、お姉さんには敵わないでしょ？」

「鞘についてはその通りよ。けど、ロレッタさんは私よりもすごいと思うわ。ドラゴンよりも強いみたいだし」

「えぇー!?　そんなの嘘でしょ!?　ドラゴンより強いなんて……そうだ！　あの長髪の綺麗なお兄さんに頼んだらどうかなー？　前に、ミアたちドワーフの皆が襲われた、岩のドラゴンみたいな魔物を倒してくれたし」

ミアちゃんが本来の姿のイナリに助けてもらおうって言うけど、言ってないだけですぐ傍にいるんだよ。今は子狐の姿だけど。

「ドラゴンを倒せる男性とはすごいですね。ぜひ協力いただきたいのですが、その方は今どちらに？」

「ど、どこなんでしょうね。わ、私も分からなくて。ざ、残念ですね……」

ミアちゃんの言葉を聞いたレナさんまでイナリに協力してもらおうって言いだしたけど、いるのよね。これ以上ないくらいにものすごく協力してくれているんだけど……言えないのよ。

でも、前にトリスタン王子とロレッタさんと対峙した時は、イナリが本来の姿でいてくれた。けど今は、ミアちゃんたちが居るから、子狐の姿になっている。

普段のイナリはドラゴンも倒してしまうくらいにすごいけど、子狐の姿でドラゴンと戦うのは厳しいと言っていた。それなのに、トリスタン王子と一緒に居るロレッタさんはドラゴンより強いって言うし……どうすれば良いのだろう。

イナリだけ別行動してもらって本来の姿に戻ってもらうべきか、それとも皆にイナリの事を話してしまうべきか。どうすれば良いのかと悩んでいると、モニカちゃんが声をかけてきた。

「アニエス様。どうなさったのでしょうか。何やら悩みがおありのようですが」

「えっ!? な、何でもないのよ?」

「そう……ですか。何かありましたら、お話だけでも聞かせてください。誰かに話す事で、何か進展する事もあるかもしれませんから」

そう言って、モニカちゃんが微笑みかけてくれる。うん、気持ちはすごく嬉しい。

だけど、どうしたものか。ちょっとイナリやコリンに相談してみたいと思うんだけど、今の状況では相談も難しい。そんな中で、イナリが念話を送ってきた。

『アニエス！ 魔の……おそらく、あの剣の鞘を持つ者が近づいて来る！』

「お姉さん！ 何かわからないけど……嫌な感じが近づいて来るよっ！」

少し遅れてミアちゃんも口を開く。

「おそらく、トリスタン王子が近づいて来ている……のよね？」

「アニエス様。そのお方は人間……ですよね？」

「そうだけど、モニカちゃん……どうしたの？」

「いいえ。ミア様の仰《おっしゃ》る方角から向かって来るのが……かなり強力な魔物と思われますので」

「えぇっ⁉」

流石にトリスタン王子が魔物になったりはしないと思うんだけど……何にせよ、魔の力を持った魔物が近づいて来ているのが問題よ！


——ブラックゴブリンのルーカス——


「居たかっ⁉　……第二班は右側へ回れっ！」

「フリーデ隊長！　相手はたかがゴブリン二匹です。それをわざわざ騎士隊が倒すというのは……」

「君は……あのベーリンの惨劇を知らぬ者か。相手が普通のゴブリンであれば、君の言う通り過剰な戦力だ。だが目撃情報があったのは黒いゴブリンだ」

「それが何か……」

「黒い魔物は、通常の魔物とは違う。奴らは筋力、体力、敏捷《びんしょう》性に知力……全てが普通の魔物の倍以上の力を持ち、元帝都ベーリンを陥落させた。舐めていると、殺されるのはこっちだ！　我々は、ベーリンで奴らの理不尽な強さを散々目の当たりにしてきたのだっ！」

「しょ、承知しました。申し訳ありません」

俺たちが隠れているすぐ近くから、人間たちの声が聞こえてくる。

クソっ！　主様の気配を感じるのに、人間たちの軍隊に見つかるとは。普通の人間なら負ける事はないが、こいつらは動きが統制されている上に、この数の差は厳しい。

『ルーカスの兄貴。どうします？』

『どうにかして行くしかないだろうな。南から主様の力を感じる。おそらく、あの青髪の女と銀髪の男の二人組が居るのだろう』

自らを王子と名乗る、あの弱いバカは主様の力を全て発揮できていなかった。きっと俺やゴブジローが主様を扱っていれば、あの氷魔法を使う青髪の女たちに遅れをとる事はないはずなんだ！

『だがその前に、周りの人間をどうするかだな』

『……兄貴。一つ、案があるっす』

『何だ？』

『俺が囮《おとり》になるっす。その隙に、兄貴は主様を救出に行ってほしいっす』

『な、何を言っているんだ!?　そんな事……』

『このままじゃ、二人ともやられるっす。見たところ、あのバカの男とは違って、ここにいる奴らは強いっす！　だから……ルーカスの兄貴！　主様を頼むっす！』

『え……ゴブジローっ!?』

止める間もなく、ゴブジローが隠れていた茂みから飛び出し、北へ向かって行く。

「いたぞっ！　警戒を怠るなっ！　……弓兵、矢を放てっ！」

くっ……すまない！　ゴブジローっ！

ここで俺がゴブジローを助けに行ったら、本当に無駄死にとなってしまうので、周囲に人間共が居ない事を確認し、ひたすら南へ走る。

夜通し走った甲斐があったのか、朝が近づき、少しずつ闇が晴れていこうというところで、主様の存在を強く感じた。

『近くに……居る！』

あの氷魔法を使う青髪の女は要注意だが、詰めが甘い事は分かっている。さっきの人間の軍が弓矢を使っていたように、俺も矢……はないので、投石で牽制してから攻めよう。

周囲に落ちていた手頃な大きさの石を集め、近くの木に登ると、主様が真っ直ぐこっちに向かっているので、おそらく近くを通るは……ず？

「ふはははっ！　ロレッタには世話になったが、そろそろ潮時だからな！　魔剣の場所もわかったし、もう用済みだ！」

何だよ！　あの二人組ではなくて、バカ男の方かっ！

奴は主様を持っているのか？　……いや、それにしては、見える距離なのに気配が希薄過ぎる。

『……そうか。今まで主様だと思って追っていたのは、あのバカが持つ主様の鞘だったのか』

はぁ……俺が投げ飛ばしたバカを、自分で追っていたなんて。

とりあえず、主様の鞘は取り返しておくか。主様の気配を察知するのに邪魔だしな。

そう考えて、木から飛び降り、バカ男の前へ。

「んっ⁉　まさかゴブリンごときが俺様に立ちはだかる気か？　ふっ、愚かな。俺様の華麗な剣技で……ぐはっ！」

え？　こいつ……前より弱くなってないか？　軽めに殴っただけなんだが。

何だか、殺す価値もない気がしてきた。

まぁいい。とりあえず、主様の鞘を返してもらおうか。

『……なっ⁉　主様の力が……力が漲《みなぎ》ってくる⁉』

バカが腰に差していた主様の鞘を手にしただけで、体内にある主様の力が増幅されているようだ。

これなら……あの人間の軍にも勝てる気がする。

主様の鞘を手に、先程ゴブジローと共に隠れていた場所の近くまで戻ってきた。

「フリーデ隊長、申し訳ありませんでした。まさか、ただのゴブリンがあそこまで強いとは思っておりませんでした」

「わかってくれれば良い。あの黒い魔物の大軍に襲われ、旧帝都ベーリンは崩壊した。同じ事を繰り返さないように、もう一体のゴブリンも探し出すぞ！」

「はっ！」

居た！　人間の軍だ。あの様子だと、ゴブジローは……すまない。だが……仇は討つ！

とはいえ、相手の数は軽く十を超え、飛び道具まで持っているようだ。無策では、いくら主様の力が強くなっているとはいえ、足をすくわれかねない。気配を消し、茂みの中に潜んで機会を窺う。

「相手は黒いゴブリンだ！　絶対に一人で行動するな！」

人間の声が響き渡る中、目の前を二人の人間が歩いて行く。俺に気づかず、そのまま前に進んで行くので、今なら……殺れるっ！

できるだけ静かに茂みから抜け出すと、まずは左側の人間に思いっきり体当たりして吹き飛ばし、右の人間を蹴り飛ばす。

「ん？　何……ぐはぁっ！」

「こ、こいつはっ！　居たぞっ！　黒い……げふっ！」

この者たちの声を聞いたのか、周囲から人間共が集まって来るのが分かる。これも、鞘を手にしていることで、主様の力が増幅されているからだろう。

人間が少ない方角は……こっちだ！　一組の人間たちが見当違いの場所を探している。先程別の人間を倒した場所から遠く離れているため、さっきの声が聞こえていないのだろう。これなら、向こうに集まっている人間たちが来る事もないはずだ。なので正面から……殺るっ！

「先輩。今、何か音が……ひっ！　く、黒いゴブリンですっ！」

「落ちつけ！　まずは皆を招集する警笛を鳴らせ！　他の騎士たちが集まるまでは、俺が凌《しの》ぐ！」

片方の人間が剣を抜くと、もう一人が服の中から取り出した笛を吹き、甲高い音が響き渡る。

なるほど。あぁいう物を所持しているのか。という事は、ゆっくりしていられないな。

「はぁっ！」

人間が剣で斬りかかって来たが……遅いっ！

軽々避けて、隙ができたところを殴り飛ばす。

「――っ！」

よし、動かなくなった。

もう一人の人間は……笛を吹いたまま、逃げ出したな。追いかけて殺るか？

だが、俺の目的は主様を取り戻す事であり、人間たちを倒す事ではない。あまり殺り過ぎて、もっと大勢の軍が集まってきたら面倒だ。一旦、離れるか。

人間が南へ逃げたので、俺は北へ行く事に。ただ、北には人間の街があったはずなので、近づき過ぎないようにと、北東へ進路を変える。


それから数日。うむ、認めよう。道に迷った。というか、行く宛てがない。

一体、主様はどこにおられるのだ⁉　今の俺なら人間の軍も倒せるし、ものすごく速く走る事もできる。主様をどこかへ連れて行った、あの二人組にも負ける気がしない。

だが、肝心の主様の居場所が分からなければ……んっ⁉

『これは……主様の気配っ！　あっちかっ！』

どういう訳かはわからないが、突然主様の居場所が分かった。

北西！　北西に主様がいるっ！　だがそれも束の間の事で、再び主様の気配を感じなくなってしまった。しかし、これまでと違って確実な方角がわかったので、全速力で走って行くと、ボロボロの街が見えてきた。

『あれは……主様を奪った二人組っ！　という事は、主様がいらっしゃるはずだっ！』

人間が三人増えて、五人になっているが、今の俺には関係ない！
主様……今すぐお助けしますっ！

第七章　魔剣の封印

こっちに魔の力の影響を受けた魔物が迫っている！

「皆、お水を飲んで！」

急いで神水を出し、全員に飲んでもらう。

間一髪、それぞれが神水を飲み終えたところで、大きな人の姿をした、真っ黒な何かがすごい勢いで走って来た！

氷魔法で壁を生み出し、まずはその動きを止めようとしたんだけど……


――WOOOOO！


叫び声と共に氷の壁に体当たりして、突破してきたっ⁉

『アニエス。こやつは……以前に花の国で、あのバカと一緒に居た奴だ！　だが、かなり力が増幅されている！　前と同じ魔物だと思うでないぞ』

ネダーランでトリスタン王子と一緒に居た魔物って、あの黒いゴブリンの事⁉　それにしては、大きさが全然違うんだけどっ！

前に対峙した時は氷の壁で閉じ込める事ができたけど、イナリの言う通り強くなっているからか、足止めにもならなかった。

「お姉さんの氷魔法が……じゃあ、次はミアがっ！　お姉さんのお水を飲んでいる今なら、できるっ！　えーいっ！」

ミアちゃんが土魔法を使うと、足下に大きな穴が開き、黒いゴブリンはそのまま真っ直ぐ落下していく。

「やったね！　これなら、もう出られない……えぇぇぇっ！」

「嘘……登ってくるの!?」

かなり深そうな穴が開いているのに、ゴブリンがすぐに穴をよじ登ってきた。あと少しで穴の縁に手が掛かってしまうというところで、ミアちゃんが再び力を使う。

「えーいっ！　戻れーっ！」

ミアちゃんの力で、穴の上に大量の土が現れ――ゴブリンを底へ落とし、そのまま穴が埋まった。

ミアちゃんのおかげで何とかなった……と安堵していると、埋めたはずの土の中から、再びボコッと黒い手が突き出た。

「ひぃぃぃ……お、お姉さんっ！　怖いよーっ！」

確かにこれは怖いけど、深い穴に埋めても倒せない魔物だなんて……でも、何とかしなきゃっ！

「はぁっ！」

そこでレナさんが走りだし、大きなハンマーで土の中から出たゴブリンの腕を思いっきり殴りつけた。

「……えっ⁉　こ、この硬さは……で、出てくるなぁーっ！」

ゴブリンの手をレナさんが何度も叩き、土の中から出さないようにしている。

だけど、その黒い腕はびくともしておらず、土の中から両腕が出てきた。このまま土の中にいてくれるのが良いんだけど……そうだ！　土！　私にはまだできる事がある！

もう一つ試すべき事を思い出し、レナさんに近づいて、一旦攻撃をやめてもらう。

「アニエス様⁉　何をなさるおつもりですか？　危険です！」

「大丈夫。だから、少しだけ離れていてください」

「ですが……わ、わかりました」

私に任せて……と、自信たっぷりの笑顔を向けると、レナさんが一旦離れてくれた。

さて、ではいきますか。今なら腕だけしか見えていないし、そこまですごい光景にはならないはずだと思いながら、土魔法を使うため、その腕に手を伸ばす。

「むっ⁉　アニエスっ！　止めるのだっ！」

背後からイナリの声が聞こえてきたけど、伸ばした手はすでにゴブリンの腕に触れてしまっていたので、そのまま土魔法を使う。

あれ？　……か、身体に何か入ってくる⁉

「アニエスっ！　魔の力に満ちた魔物に素手で触れるなど……アニエスっ！　しっかりするのだ！　神水を……」

意識が遠くなっていき、倒れる……と思った時には、本来の姿に戻ったイナリが私を抱きかかえ、心配そうに見つめていた。

あれ？　でも、ミアちゃんたちがいるからイナリは子狐の姿のはずなのに。

いろんな考えが頭の中でグルグルと駆け回るけど、少しずつ黒い何かが私の思考を塗り潰していって……しばらくすると頭の中が真っ黒に染まる。

そして私は、何も考える事ができなくなり……意識が途絶えた。


――火の聖女モニカ――


黒く巨大な魔物が現れ、アニエス様とミア様、レナさんが前に出ました。

コリン様は私を庇《かば》うように前に立って弓を構えるものの、レナさんが魔物との直線上に居て、矢を放つ事ができません。

「あっ！　こちらにも何かが……」

「任せてっ！」

あの大きな魔物ほどの魔力は感じませんでしたが、別の場所から魔物が現れ、コリン様が矢を放ち、銀色の子狐さんが……闇色の火で燃やしてしまいました。

私が知っている火とは、似て異なる闇色の火。この火を出した時の子狐さんからは、レナさんたちが対峙している魔物よりも強い魔力を感じたのですが……どうやら普段は力を隠しているようです。

　私たちが新手の魔物に気を取られていると、子狐さんが何かに気づいたようで、ピクンと身体を震わせました。

「むっ⁉　アニエスっ！　止めるのだっ！」

　何事かと思ってアニエス様に目を向けると、アニエス様の身体がゆっくりと前に倒れていき……一体どこから現れたのか、あの麗しい銀髪の男性が走ってきて、アニエス様を優しく抱き止めました。

「アニエスっ！　しっかりするのだ！　神水を……」

　男性はアニエス様の腰のポーチから小瓶を取り出し、その口へ注ぎますが、意識がないからか飲んでくださらないようです。

　そうとわかると、男性が別の小瓶の中身を口に含み、アニエス様に口移しでそれを飲ませます。

　まあ……！　これは恋の物語で読んだような光景です……いけない、そんなことを考えている場合ではありません。どうやらアニエス様へお薬を飲ませる事はできたようですが、アニエス様は目を覚ましません。

「くっ……これは、土魔法のせいか。魔の力に触れただけでなく、自ら取り込んでしまっている」

「イナリ！　お姉ちゃんは……」

「魔の力を多く身体の中に取り込み過ぎている。以前、花の国で魔の力に汚染された土地を通ってしまい、ソフィアが苦しんでいた状況に近い。ポーションではなく、神水をそのまま飲めば回復が見込まれるが、アニエスがこの状況では……最悪命を落とす可能性もある」

「そ、そんなっ！」

えっ⁉　アニエス様が⁉

気づいた時には走り出していました。

「わ、私は……アニエス様に命を救われた者です！　何か……何かアニエス様をお救いする方法はありませんか⁉」

「アニエスの身体を蝕む魔の力を浄化すれば助かるはずだが……いや、待つのだ！　火の聖女よ！　あの祭壇だ！　魔剣を封印すれば、魔の力が封じられ、アニエスが助かるかもしれぬ！」

「――っ！　ですが、私はあの剣の鞘がなければ……」

アニエス様をお救いしなければならないのに、どうして私はこんなに無力なのか――

嘆いていると、ミア様が叫びました。

「あるっ！　あるよっ！　この土の中……さっき、お姉さんが倒してくれた魔物が持っていたんだと思う！　土の中に禍々しい力を放つ鞘があるっ！」

「土の聖女よ。その位置まで穴を掘れるか？」

「任せて！」

ミア様の言葉と共に大きな穴が開き、男性がアニエス様を抱きかかえたまま、その中へ舞い降りると、あっと言う間に戻ってきました。

「火の聖女よ。魔剣の鞘は我が回収した。頼む……アニエスを救ってくれ！」

「わ、わかりましたっ！　では、急いで先程の祭壇に……きゃぁっ！」

「すまぬ。一刻を争う故、我慢してくれ」

銀髪の男性が片手でアニエス様と私を抱きかかえ、飛ぶような速さで走り出しました。

あまりの速さに気を失いかけましたが、すぐ近くに苦しむアニエス様のお顔があり、何としても助けなければと、気を奮い起こします。

一瞬のうちに祭壇の前に戻って来たので、まずはガブリエラ様の――先代の火の聖女様が残してくださった火の神のシンボルに、夢で見た通り掌を当て、魔力を注ぎます。

「これは……水の聖女様のお力ですか⁉　魔力が……溢れ出てきます！」

「うむ。アニエスの出す神水を飲んだであろう。あれは、飲むと全ての能力を倍にする効果があるのだ」

「これなら……準備が半分の時間で済むかと思います」

そうは言ったものの、私の魔力を祭壇に注いでも注いでも、砂漠に水を撒くかのように満たされる気配がありません。

一体、どれだけの魔力が必要になるのでしょうか。おそらく、元々私が持っていた魔力では足りなかったでしょう。アニエス様に神水をいただいていたから、これだけの魔力を注ぐ事ができているのですが……それでも足りるでしょうか。

かなりの時間、魔力を注ぎ続けているのに未だに満たせず、流石に焦ります。

もしも魔力が足りなかったら？　私のせいでアニエス様が目を覚まさなくなってしまったら？

心に重圧がかかり、だんだんと気持ちが重くなってきて……

「モニカちゃん！　大丈夫だから！　きっとモニカちゃんならできるよ！」

「コリン様……」

いつの間にか皆さんも集まっていて、コリン様やミア様、レナさんが応援してくれます。

そう、私は火の聖女。弱気になってはいけない。ミア様やアニエス様のように皆の役に立ちたいのです！

きっと、できる！　だから……届いてっ！

魔力を注ぎながら強く願うと、夢で見た時と同じように、掌が熱くなってきました。

「準備……できました！　封印する剣と鞘を祭壇の上にお願いします！」

「我がやろう。皆、離れるのだ！」

銀髪の男性がアニエス様を抱きかかえたまま、闇色の鎖を使って魔剣を鞘に収め、祭壇に置きます。普通の人は触れるだけで倒れてしまう魔剣を――

「……では、いきます！」

最後に一際強く魔力を注ぎ込み、ゆっくりとシンボルから手を離すと、祭壇の紅い輝きが収束し、剣を覆って……光が消えました。

これで成功したはずです……よね？

＊＊＊

「アニエスっ！」

遠くで誰かが叫んでいる声が聞こえる。

いや、遠くの声に思えるけど、もしかしたら実際は近いのかも？　――どういう訳か、全く思考がまとまらない。

「お姉さんっ！　しっかりしてっ！」

「お姉ちゃん……頑張って！」

女の子と男の子の声が聞こえてきた。知っている声のような、そうでもないような。

この声は一体誰の声なのだろう。

そもそも、お姉ちゃんって、誰なんだろうか。

「……では、いきますっ！」

幼い女の子の声と共に、身体から何かが消えていく気がする。頭を覆っていた黒い靄《もや》みたいな物が、少しずつ消えていく。

「……エス。アニエスっ！　しっかりするのだ！」

「お姉ちゃんっ！　目を覚ましてっ！」

遠くから、誰かの……ううん。イナリとコリンの呼ぶ声が聞こえてくる。

二人とも、すごく必死な感じがするのは……お腹が空いたのかな？

イナリとコリンは、ご飯を作ったりできないもんね。

何だかすごく身体と頭が重いけど、二人にご飯を作ってあげなきゃと、重い瞼《まぶた》を開けると……

「アニエスっ！」

「お姉ちゃんっ！」

突然イナリとコリンに抱きしめられた⁉

「な、何⁉　どうしたのっ⁉　何があったの⁉　そんなにお腹が空いてるの⁉」

「アニエスよ。何を言っておるのだ？」

「お姉ちゃん……ボクもイナリも、そんなに食いしん坊じゃないよ？」

いやいや、イナリもコリンもものすごく食べるよね？

訳が分からないので、ひとまず状況を説明してほしいな。

「えっと、一体何がどうなったの？」

「うむ。先程アニエスが黒いゴブリンに触れ、土魔法を使ったであろう。その直後に、アニエスが倒れたのだ」

「えっ⁉」

「流石の我も、魔の力が溢れる魔物に、あの土魔法を使うとは思わなかったぞ」

イナリが呆れながら説明してくれたけど、私……倒れちゃったんだ。

「正確に言うと、お姉ちゃんが倒れそうになったところでイナリが本来の姿に戻って、抱き止めたんだー」

「あ、そうなんだ。ありがとう、イナリ」

「それから、大急ぎで魔剣を封じれば、お姉ちゃんが助かるかもしれないって言って、イナリがモニカちゃんを祭壇へ連れて行ったんだよ」

コリンに詳しく聞くと、魔剣を封じれば、魔剣によってもたらされた魔の力が消え、私は助かるはずだというイナリの言葉によって、皆で協力して私を助けてくれた……という話だった。

「まったく。上手くいったから良かったものの……そうだ。念のため、神水を飲んでおくのだ」

「そ、そうだね。……あと、ミアちゃんもモニカちゃんも、コリンもレナさんも、皆ありがとう」

神水を飲み、改めて皆にお礼を言うと、何故かミアちゃんが興味津々といった感じの目を向けてくる。

「ところでお姉さん。このイナリっていうお兄さん……あの小さな狐さんだよね？　何がどうなってるの!?　それに……キャーッ！　聞きたい事があり過ぎるよーっ！」

「あっ！　えーっと……」

「アニエスよ。この者たちは大丈夫であろう。説明しても良いと思うが」

私を助けるためにイナリが皆の前で元の姿に戻っちゃったのね。

その中でも、ミアちゃんはイナリの大きな狐の姿も知っているし、何よりイナリが話して良いって言っているので、イナリ——妖狐について話す事にした。

「……という訳で、昔のフランセーズの王によって力を封じられたイナリが、神水で元の姿に戻れるようになったの」

「そうなんだー。ゲーマでも妖狐の話は聞いたことがあるけど、そんな裏話があったんだねー。まさか、フランセーズの王様が嘘の話を流すなんてね」

イナリは何も悪い事をしていない……というか、むしろ良い事をしたんだけど、昔の王様が悪者扱いされるようにしたからね。これは、明らかにフランセーズの方が悪いと思うんだ。

ミアちゃんが頷いていると、レナさんとモニカちゃんが口を開く。

「アトロパテでその話は聞いたことがありませんが……別の話は聞いたことがあります」

「そうですね。東の地から九つの尾を持つ狐が来た。神の遣いである……という言い伝えが残されておりますが、それがイナリ様の事なのでしょうか」

イナリが神の遣い!? うーん。言われてみれば、水の神様の事とか、神水の事とかも知っていたけど……そうなの？

「それが我の事かどうかはわからぬが、我は九尾の狐。土の聖女に、火の聖女。そして聖女に仕える者よ。他言無用で頼む。そして……改めて、アニエスを救ってくれた事に感謝する。ありがとう」

イナリが深々と頭を下げ……私も一緒に頭を下げる。今回は皆に迷惑をかけちゃったな。

「ふふっ。お姉さんとイナリさん。まるで夫婦みたいだねー」

「そ、そうですね！ 緊急事態なので仕方がありませんが、まさか人前であんな事を……」

「えっ!? 何!? 私が気を失っている間に何があったの!?」

ミアちゃんとモニカちゃんが無言で……でも視線で何かを語り合っている。何があったのか教えてほしいと言ってみても、ミアちゃんはニヤニヤして、モニカちゃんは恥ずかしそうに照れてしまい……本当に何なのーっ!?

とはいえ、無事に魔剣を封じる事ができたから、これで一件落着ね。

まだ何か忘れているような気もするけど……気のせいかな？

「いろいろあったけど、魔剣を封じる事ができたから、これで魔の力に汚染されていた場所も大丈夫なんだよね？」

「そのはずだ。これにより、花の国の土壌も全て戻っているであろう」

「本当っ!? 良かった。これでユリアさんやソフィアさんも、もっと元気になるかもね！」

イナリによると、花の国へ向かう途中にあった、魔に汚染された黒い森なども元に戻っているだろうという話だった。トリスタン王子に斬られてしまった花の女王が生き返る……というのは、流石に無理みたいだけど。

「植物がなくなっていたあの庭園が、また花でいっぱいになると嬉しいわね」

「そうだな。精霊が集まってくれれば、ソフィアも回復するであろうし」

花の国の出来事については、ミアちゃんは知っているけど、モニカちゃんとレナさんがキョトンとしているので、軽く説明して、改めてお礼を言う。

モニカちゃんが居なかったら、私もどうなっていたか分からないしね。

「じゃあ次の課題は、この魔剣を封じている祭壇を守っていく事だよねー。ミアが土の聖女として、ここを守るようにって国の偉い人に言う事はできるけど、すぐにここへ兵士さんを派遣したりしてくれるかなー？」

「それなら、私に任せて！　ちょうど良い魔法を知っているから」

という訳で、例のごとく氷魔法を使って祭壇を覆う事にした。

今回はいつもの塀ではなく、小さな家を生み出したので、祭壇がすっぽりと綺麗に覆われている。

「どう？　これなら、ひとまず大丈夫でしょ」

「ホントだ。ビクともしない」

「ただ、あくまで仮だからね？　この氷が自然に溶ける事はないけど、火魔法とかで攻撃されると溶けちゃうから」

「でも透明な氷だから、中が見えちゃっているんだよね」

「うーん。それはどうしようもないかな……あ、ちょっと待って。試してみたいことがあるの」

いろいろあってすっかり忘れてしまっていたけど、まだ効果を確認していない魔法があった。

祭壇から離れ、何もないところに向けて、新しい魔法を使ってみる。

「えーいっ！」

私の声と共に、だいたいこの辺！　って思ったところに、黒い靄《もや》が生まれた。

「イナリ。これ、どう思う？　これで、さっきの氷の家を覆ってしまおうと思うんだけど」

「むぅ。これはもしや、ヒュージ・オクトパスから得た、暗闇魔法か？」

「そうそう。まだ使っていなかったなーって思って」

「ふむ。良いのではないか？　毒性などがある訳でもなく、部分的に光を遮っているだけのようだ」

「そっか、良かった。じゃあ、これで祭壇を隠せるわね」

という訳で、イナリにもお墨付きを貰ったので、先程作った氷の家を覆うようにして暗闇を出す。明るい時に遠くから見ると怪し過ぎるけど、この中には透明な氷の家があるので、祭壇がある事はバレないと思う。最終的には、ミアちゃんからゲーマの国にお願いしてもらい、ちゃんとした祠《ほこら》とかが作られるだろうから、それまで凌《しの》ぐ分には良いのではないだろうか。

「じゃあ、ミアはこの祭壇を守ってもらうために、急いで街へ戻るよ。お姉さんも、モニカちゃんも、ありがとう！　いつかこの街も絶対に復興させてみせるねっ！」

そう言って、ミアちゃんが大急ぎで走って行った。

一人で大丈夫なの⁉　そう思って止めようとしたけど、よく考えたらミアちゃんは結構強いんだった。あの黒いゴブリンみたいに魔の力で強くなった魔物はいなくなったはずだし、大丈夫かな。

そんな事を考えながらミアちゃんを見送っていると、モニカちゃんが不安そうに話しかけてきた。

「アニエス様。今回は、私の力……というか、火の聖女の力で魔剣を封じる事ができました。しかしながら、魔の力というのは、この剣だけなのでしょうか」

「えっ⁉　というと？」

「アニエス様が倒れられ、この祭壇を使って魔剣を封じた後に、先代の火の聖女の記憶が少し頭の中に流れたんです。この魔剣は、かつて魔王が使っていた武器の一つだと」

「武器の……一つ⁉」

「はい。もしかしたら剣だけではなく、他にも同じような力を持った物が存在しているのではないかと思いまして。そうなった時、再び私に封じる事ができるかどうか……」

モニカちゃんは、あくまで先代火の聖女が作った火の神のシンボルを使って魔剣を封じただけであり、新たにシンボルを作る事ができない。だから、もしも今回と同じような事が起こった場合に、力になれないかもしれない……と、気にしているみたいね。

「モニカちゃん、大丈夫。万が一、また魔の力で何かあったとしても、私とイナリとコリンが火の聖女様の祭壇を探してみせるわよ」

「アニエス様……」

「それに、今回はイナリの事を隠しちゃっていたけど、次からはイナリに全力を出してもらうから」

イナリが呆れながらジト目を向けてくるけど、魔の力の事となれば、きっと力を貸してくれるだろう。まぁ本当は、そもそもこんな事が起こらなければ良いんだけどね。

「さてと。じゃあ、私たちも一旦街へ戻りましょうか。ララアさんたちの事も何とかしないといけないしね」

「そ、そうでしたっ！　ひとまず、緊急を要する用事は終わった事ですし、私が全力で背後関係を喋らせます！」

いやあの、レナさん？　ハンマーを強く握りしめるのはどうかな？　し、然るべき機関に任せた方が良いんじゃないかな？

それから、モニカちゃんたちとスコンフェルドの街へ戻ると、まずはララアさんたちの居る、兵士さんたちの詰所へ。そこには街の人たちが数人居て、交代で牢屋を見張ってくれていた。

「皆さん、ありがとうございました。ミアちゃん――土の聖女さんの用事も無事に終わりましたので、後は私たちが対応いたします」

「ミア様のお付きの方々ですね。先程ミア様からも同じ話を聞きました。それでは、後はよろしくお願いいたします」

先に帰ったミアちゃんがちゃんと話をしていてくれたらしく、ララアさんたち三人をグルグル巻きにした縄を、レナさんが持つ事に。

それから海の国タリアナへ向かうため、レナさんが大きめの貸切馬車を一台確保していた。

馬車の奥にララアさんたち三人が座らされると、その前にハンマーを構えたレナさんが仁王立ちになっている。

「お前たちについては帰国次第、女王ヤルミラ様に報告させてもらう。モニカ様やアニエス様の前なので、ここで尋問はしないが、帰国後は覚悟しておくように」

怒りを無理矢理抑えているといった声でレナさんが話すと、ララアさんたちが怯えて身体を寄せ合っているんだけど……もしかしてレナさんは、タリアナまでずっとそうしているつもりなのだろうか。ララアさんたちがしでかした事を考えると、そうせざるを得ない事もわかるけど、流石に大変だと思うのよね。

「イナリ。レナさんが休めるように、何かできないかしら？」

「む？　この場でこやつらを亡き者にするという事か？　もちろん可能だが？」

「そうじゃなくて、行動を止めるとか、動けなくするとか」

「あぁ、そういう事か。では、こんなところか」

そう言って、イナリが黒い何かを生み出した。よく見てみると、格子状の面でできた大きな箱で……なるほど。逃げられないように檻を作ったって事ね。

「レナさん。イナリが檻を作ってくれたので、休んでください。そこから逃げ出す事はできないと思うので」

「す、すごい。わかりました。では、少しだけ失礼します」

イナリの出した黒い檻を見たレナさんが、ハンマーを降ろし、モニカちゃんの横に腰掛ける。

ララアさんたちはイナリが突然出した黒い檻を怖がり、脱出を試みる様子もないので、大丈夫だと思う。

そんな事を考えながら、コトコトと馬車に揺られていると、窓から外を見ていたコリンが声を上げる。

「お姉ちゃん！　あの女の人！　えっと、ボクたちを攫《さら》おうとした女性と王子が前方に居るよっ！こっちに近づいて来るっ！」

「あっ！　何か忘れていると思ったら……ロレッタさんだ！　あと、トリスタン王子も」

「むっ⁉　あの者か。戦う事になったら厄介だな」

イナリがドラゴンよりも強いと言うロレッタさんが、もしも襲ってきたら……今はイナリが本来の姿だから大丈夫だとは思うけど、無用な戦いは避けたい。

そのため、御者さんに言って馬車の進路を変えてもらおうとしたんだけど、ロレッタさんの方が速い！　……って、あれ？　何だか、様子がおかしい？

「と、停まってください！　どうか、近くの街まで乗せてくれませんか!?　怪我人がいるのです！」

「えーっと、お客さん。どうしましょう。乗合馬車の規定で、救護者は助けないといけない決まりがあるんですが、今回は貸切なので無視してもお咎めはありませんが……」

御者さんに言われてロレッタさんが走って来た方角を見てみると、倒れている男性がいる。

……って、あれはトリスタン王子!?　一体、何があったの!?


——誤解される占星術師ロレッタ——


「ロレッタさん……」

「あ、貴女はっ！　……す、すみません。あんな事をしてしまった私たちがお願いできる事ではないのですが、どうか一番近くの街まで乗せていただけないでしょうか。今にも、この方が死んでしまいそうで……」

突然姿を消したトリスタン王子を探していたら、瀕死の王子を見つけてしまった。

王子に何が起こったのかはわからない。もしかしたら、そこに居るものすごく強い魔力を纏《まと》った男性に挑み、返り討ちにあった可能性すらある。

だけど、私が治癒系の魔法を使えない以上、この方たちにお願いして、治療院へ連れて行ってもらうしかない。

「モニカちゃん、コリン。そこで倒れている人は、二人にとんでもない事をしたけど……助けても良い？」

「はい。私は構いません」

「ボクも大丈夫だよ」

アニエスと呼ばれた女性が、王子が人質にしていた二人の子供に尋ね、二人とも承諾してくれた。

こんなに良い子たちなのに……本当にごめんなさい。

「モニカ様!?　くっ……モニカ様とアニエス様がそう仰《おつしや》るのであれば、仕方ありません」

「ふむ……相変わらず、この者は悪運が強いようだな。我もアニエスが助けると言うのであれば、それを否定はすまい」

メイド姿の女性と、魔力の高い男性も同意し、男性がトリスタン王子を馬車へ運んでくれた。

それからカタカタと馬車が走り、最寄りの小さな町に着く。

再び男性が王子を降ろしてくれ、馬車の停留所のベンチへ。

「すみません。ありがとうございました」

「礼ならば、我ではなくアニエスに言うのだな。アニエスが助けると言わなければ、我は助ける気などなかったからな」

「わかりました。アニエスさん、ありがとうございます」

男性の隣に居たアニエスさんに深々と頭を下げると、そのアニエスさんに小瓶を手渡された。

「あの、これをどうぞ」

「これは……？」

「さっきの馬車の中で作った……じゃなくて、フランセーズのS級薬師ソフィアさんが作ったポーションです。とてもよく効くポーションなので、私たちが出発したら王子に飲ませてください」

「あ、ありがとうございます」

そう言って、アニエスさんと男性が馬車に戻ると、馬車はまるで逃げるようにしてすごい速さで去って行った。何をそんなに急いでいるのだろうかと思いつつ、トリスタン王子を治療院へ連れて行こうとして、言われた事を思い出す。

「そうだ。アニエスさんから貰ったポーションを飲ませるんだった」

私が運んだのでは、治療院へ到着するまでに時間が掛かるだろうし、少しでも良くなればと、とりあえずポーションを飲ませると……

「ん……ここは？　確か俺は、黒いゴブリンに襲われて……」

「えぇっ!?　トリスタン様!?　土気色だった顔に赤みがっ!?」

ポーションを飲んだトリスタン王子が何事もなかったかのように立ち上がる。

「ロレッタ!?　まさかロレッタが俺を助けてくれたのか!?」

「はい。目が覚めて良かったです。ピクリとも動かず、本当に死んでしまうのではないかと思っておりました」

「そうか。すまなかったな。俺を追って来て、助けてくれるとは……わかった！　ロレッタよ。その献身と愛情を買い、フランセーズに戻った暁には、お前を俺の側室に……」

「はい？　何を言っているんですか？　私は、王子が使った旅費などを返してほしいだけです。貴方に愛情なんてかけらもありません」

王子が壮絶な勘違いをしていたのでジト目を向けると、王子は呆けた顔で何も言わず、口をパクパクと動かしている。何をどうしたら、私が王子に恋愛感情を抱いていると思えるのだろう。

とりあえず、行動を共にしていた王子が亡くなったりせず、私が変な罪に問われなくて良かった。

＊　＊　＊

ロレッタさんとトリスタン王子を最寄りの街で降ろし、再び南に向かって馬車を走らせてもらう。

「アニエスよ。良かったのか？　あのバカ王子がまたやって来るかもしれぬぞ？」

「うーん。正直言ってそれは嫌だけど、でも助けられる命を助けないっていうのもね」

「そうか。まぁ仮に奴が懲りずにまたやって来たとしても、アニエスの周りには力を貸してくれる者がいるし、我もいる。心配無用か」

そう言ってイナリが外へ目を向ける。

これはもしかして、イナリの照れ隠しなの⁉　……と、一瞬思ったけど、純粋に景色を楽しんでいるようだ。イナリは馬車とか船とか、乗り物が好きだもんね。

ロレッタさんが現れた事以外は何事もなく無事に移動する事ができ、途中で何度か宿に泊まって、海の国タリアナの港街へ到着した。そこにはアトロパテから乗って来た船が泊まっており、騎士団の偉い人？　が私たちを出迎えた。

「モニカ様！　よくぞご無事で！　レナ、モニカ様とアニエス様の護衛任務、見事だ」

「ありがとうございます。しかしながら、この者たちが……」

「うむ。その件については、推薦したヨゼフ大臣を追及しているところだ。ヤルミラ様が激怒していたので、良くて更迭。最悪、処……こほん。いや、何でもない」

偉い人が、モニカちゃんの前で話す事ではないと気づいたのか、口を噤《つぐ》み、騎士さんたちの所へ。

ちなみに、レナさんからアトロパテ宛てに、毎日モニカちゃんや私に関する報告がされていたらしく、それでララアさんたちの事もヤルミラさんに伝わっているとの事だった。

あとレナさん曰く、子狐の姿をしているイナリの本当の姿については、秘密にしてくれているそうだ。妖狐の事を報告されちゃうと、私たちがいろいろ困っちゃうからね。

ひとまず胸を撫で下ろしていると、先程の偉い人が私のところへやって来た。

「アニエス様。レナと共にモニカ様をお守りいただき、誠にありがとうございました」

「いえ。というか、私がモニカちゃんにお願いして来てもらったので、当然のことです。モニカちゃんのおかげで、魔の力を封じる事ができました。こちらこそありがとうございます」

「では、ここからは我々がモニカ様を護衛し、アトロパテまでお連れいたしますね」

来た時のように、アトロパテまで一緒に行くのかと思っていたけれど、どうやら一緒に行動するのはここまでらしい。これでお別れになってしまうのは寂しいけれど、モニカちゃんは一国の王女様だから仕方ないかな。

「モニカちゃんも、レナさんも、本当にありがとうございました」

「アニエス様。お礼を言うのは私の方です。アトロパテを出なければ、あのような体験はきっとできなかったと思います。もしも、また私の力が必要な事があれば、遠慮なくお申しつけください。ただ……私の力が必要とならない方が望ましいですが」

「そうね。でも、万が一の場合はぜひお願いね」

「はいっ！」

モニカちゃんが笑顔を見せてくれた後、レナさんが突然、深々と頭を下げる。

何事かと思ったら、ララアさんたちの行為の謝罪という事だけど、それについてはもう話が終わっているから……という事で、頭を上げてもらった。

「アニエス様……またアトロパテへお越しになる際は、ぜひお声がけください」

「えぇ。今度はアトロパテの観光名所に行ってみたいかな」

「承知しました！　このレナが、アニエス様たちにアトロパテをお楽しみいただけるように、全力でご案内いたします！」

いやあの、そこは普通に案内してくれれば良いんだけどね。

それから、モニカちゃんたちが船に乗り込み、ゆっくりと船着き場から離れていく。

「アニエス様！　ありがとうございましたー！」

「モニカちゃん！　こちらこそ、ありがとう！　また会おうねー！」

船は岸からある程度離れたところで、急加速していき……あっという間に小さくなってしまった。

「さて、魔の力を封じた事だし、ソフィアさんとユリアさんの様子を見に行きましょうか」

「うむ。アニエスが行くのであれば、我も行くぞ」

「ボクも行くよー！　花の国が綺麗になっていると良いねー！」

前に花の国ネダーランへ行った時は、花が枯れて、森の木々が黒くなっていたけど、今から行けば景色が変わっているかもしれない。

しばらくソフィアさんにも会えていなかったので、イナリとコリンと共に、ネダーランへ向かう事にした。

第八章　ソフィアさんとの再会

モニカちゃんたちと別れた後、馬車に揺られながら、数日かけてフランセーズに戻ってきた。

しばらくフランセーズを離れていたので、一旦ソフィアさんの屋敷へ戻って軽く掃除をしてから、冒険者ギルドで最近の話を聞いてみる事に。

「いらっしゃいま……アニエス！　しばらく見なかったけど、どこに行っていたのー？」

「オリアンヌさん、お久しぶりです。ちょっといろいろありまして」

「いろいろ……って、まぁいいや。そんな事より、ソフィアさんは居るかなー？　確か花の国ネダーランへ一緒に行ったんだよね？　大事な話があるんだ」

冒険者ギルドに入ると、オリアンヌさんが駆けつけてきて、ソフィアさんと話がしたいと言ってきた。

大事な話ってなんだろう。でも、ソフィアさんの今の状態は私にもわからない。

「ごめんなさい。ソフィアさんは、まだ花の国に残っているんです」

「そっかー。うーん……じゃあ、ソフィアさんが現地で何かしたのかなー？　……いや、大事な話っていうのが、少量だけどまた上級ポーションの材料が入荷できたんだよ」

「ほ、本当ですかっ!?」

「うん。だからソフィアさんに、あの伝説のエリクサーみたいにすごいポーションをまた作ってもらいたいと思ってねー」

オリアンヌさんの言うエリクサーみたいにすごいポーションって、私が作った超級ポーションの事だけど、ソフィアさんが作っている事にしてもらっているのよね。

まぁそれはさておき、これは花の国が順調に復興してるって事かな。

「これからネダーランに居るソフィアさんへ会いに行くところだったんです。どれくらいでフランセーズに戻られるか聞いておきますね」

「そうだね、お願いするよ。とはいえ、ネダーランにも冒険者ギルドや薬師ギルドはあるんだ。ソフィアさんがネダーランで薬を作ってくれているなら、それでも良いけどねー」

「そうなんですか？」

「あぁ。ソフィアさんしか作れない、あのポーションを必要としているのはフランセーズだけじゃないと思うしね。冒険者ギルドでも薬師ギルドでも、どちらかにポーションを提供してくれれば、世界中の困っている人のところへ届くからさっ」

確かにオリアンヌさんの言う通りかも。という事は、少しでも超級ポーションを作っておけば、世界の誰かを助ける事ができるのよね。

「オリアンヌさん。先程仰《おっしゃ》っていた上級ポーションの材料ですけど、私が預かっても良いですか？」

「もちろん！　アニエスはソフィアさんの弟子だからねー。ソフィアさんが居るネダーランの方が、フランセーズよりもたくさん材料がありそうな気もするけど、少しでも足しになる方が良いだろうし」

という訳で、オリアンヌさんからポーションの材料を預かったので、移動中の馬車の中でポーションにして、後でソフィアさんに渡す事にした。

それから、最近のフランセーズの話……という事で、黒い魔物が居なくなって平和になったという話を耳にする。

モニカちゃんが魔剣を封じてくれたから、こっちでも魔物が元に戻ったみたい。これならきっとネダーランも大丈夫！　そう信じて貸切馬車に乗り、ネダーランへ向かって出発する。

「ようこそ、ネダーランへ。良い旅を」

フランセーズとネダーランの国境へ到着すると、あっさり通行できてしまった。

前回は魔の力でネダーランが大変だった事もあり、ソフィアさんがS級薬師だという事を前面に押し出して、何とか通してもらえたのに。

「お姉ちゃん。ここまで全く魔物が現れなかったね」

「言われてみればそうね」

「お客さん。この馬車は魔物避けの結界で守られています。余程の魔物に遭遇しない限りは大丈夫ですよ」

コリンと私の会話が聞こえたのか、前に居る馬車の御者さんが教えてくれた。

……前回も貸切馬車で移動していたのに、道中で魔物に遭遇したのは、やっぱり魔の力の影響を受けて、魔物が強くなっていたからなんだろうな。

結局、ネダーランの南端のウェートの村へ、何事もなく到着した。

「では、すみませんがウチの馬車で行けるのはここまでです。この先はネダーランの馬車をご利用ください」

「ありがとうございました」

「いえいえ、こちらこそ。では、失礼いたします」

馬車から降り、少しウェートの村の様子を見て回る事にした。

村の食事処や露店の集まる場所などに足を運んでみたけど、人が大勢居て普通に賑わっている。

「……よく考えたら、この村は以前来た時も寂れていなかったわね」

「そうそう。お姉ちゃん、確かこの次の街が酷かったんだよー。王都へ続く街道が封鎖されていて、ギルドやお店もほとんど開いてなかったもん」

コリンの言う通りで、確認すべきは次のヘルトゲンボスっていう街なので、村で貸切馬車を探し、早速その街へ行ってもらう事にした。

「ヘルトゲンボスですか？　構いませんけど、近くなので乗合馬車でも行けますよ？　それに、今は復興のために乗合馬車の本数も増えていますし」

「えっと、私がテイマーなので、乗合馬車には乗れなくて……」

「あー、なるほど。そういう事なら分かりました。では出発しますね」

少し御者さんとやり取りがあったものの、無事に出発してくれた。

ただ、さっきの話で少し気になる言葉があったので、御者さんに尋ねてみる。

「あの、出発前に言っていた復興というのは？」

「あれ？　ヘルトゲンボスに行くっていうから、てっきりお嬢さん方も復興事業のために行くのかと思ったんですが、違うんですね」

そう御者さんが説明してくれたんだけど、ヘルトゲンボスの街はネダーランの王都へ行く人の休憩所として栄えていたのに、王都へ続く街道が封鎖されたせいで、街から人が居なくなったと。

今は街道の封鎖が解除され、街に人が戻っているんだけど、しばらく街が放置されていたせいで、いろんなところが荒れまくっているらしい。そのため、道や外壁を直す土木作業をする人や大工さんが大勢集まってきているんだけど、まだまだ人手不足なのだとか。

魔の力で大変な事になっていたけど、どうやら復興に向かっているみたいね。

「そういう作業をする人が泊まる宿の店員だとか、食事処の料理人、日用品を売る店の人……とにかく人を募集しているので、お嬢さん方も仕事をしに行くのかと思ったんですよ」

「なるほど。そうだったんですね」

「えぇ。あと、特に樹木医とか庭師が求められていますね。ネダーランは花の国と呼ばれていて、各街で花を大切にしているのに、そういった草花の知識がある者たちが、全員王都に集められているので」

花を大切にしているけど、人手不足で手入れができていない……か。お手入れはできないけど、植物を元気にする事はできるから、少しだけ様子を見てみようかな。

御者さんから街の復興について教えてもらっていると、早くも目的地に到着してしまった。

「お嬢さん、ヘルトゲンボスですよ」

「ありがとうございます」

「さっきも言いましたが、復興中で普段よりも人が多いんです。活気があるのは良いのですが、人が多いのはトラブルの元でもあるので、気をつけて」

ちょっと気になる事を言いながら、御者のオジサンは馬車を走らせて行ってしまった。

だけど聞いていた通りで、とにかく人が多く、あちらこちらからいろんな声が聞こえてくる。

「おい！　どこかからレンガを貰ってきてくれ！　全然足りないぞっ！」

「宿が決まっていない人は居ないかい⁉　あと二部屋……二部屋しか空いてないよー！」

「はいはい、木材が通るよー！　道を開けてくれー！」

これは賑やかというか、騒がしいというか、皆が皆大声を張り上げないと、聞こえないんじゃないのかな。それでも、以前に来た時よりは良いと思うけど。

あの時は、ほとんど人が居なくて、お店どころかギルドすら閉まっていたしね。

そんな事を考えつつ、イナリとコリンと共に、人の多い通りを歩いていると、突然怒声が聞こえてきた。

「てめぇっ！　俺の作品に何しやがるっ！」

「邪魔だからどけただけだ！　今は芸術とか言ってる場合じゃない！　復興が優先だっ！」

「復興も大事だが、ここは芸術都市ヘルトゲンボスだ！　芸術の名を冠した街なのに、芸術をないがしろにするなっ！」

「芸術と寝る場所、どっちが大事なんだ！　それに芸術の名を……ってんなら、ここは花の国ネダーランだろうがっ！　花の一輪でも咲かせてみやがれっ！」

察するに、街の復興のために建物や道などを作っている職人さんと、復興作業が終わった後の事を考えている芸術家さんが、考え方の違いでぶつかっているって感じなのかな？

どちらも、この街の事を考えていると思うだけに、ちょっと辛いわね。

とりあえず、私にできる事が一つあるから、仲裁しようかな。

『待つのだ、アニエス。どこへ行く気だ？』

「え？　あの口論している二人を止めようかと思って」

『あの程度のところへ、わざわざアニエスが行く必要はないであろう』

「だけど、止められるケンカを見かけた以上は、放っておけないかなって」

子狐姿のイナリに待ったをかけられてしまったけど、それでも一触即発状態の男性たちのところへ。

「あの、声が聞こえてきたから言うんですけど、とりあえずケンカは止めましょうよ」

「あぁん!?　誰だ、お前は！　関係ない奴は引っ込んでろ！」

「まぁまぁ、話だけでも聞いてくれませんか？　私、さっき貴方が言った、ネダーランの名物を咲かせられるんです」

「……ま、まさかアンタ。いや、お嬢さんは樹木医なのか!?」

「樹木医ではないですけど、こんなものを持っていまして……えいっ！」

二人の目の前で、ポケットからポーションを取り出すと、花が枯れている花壇へ振りかける。

その直後、花が元気を取り戻し、花壇の花が満開に。

「す、すげぇ！　お、お嬢さん！　今のポーションは一体……」

「フランセーズの薬師、ソフィアさんの植物用ポーションです。手持ちが残り二本あるので、お二人に一本ずつ差し上げます。この街……そしてネダーランのために使ってください」

「おぉぉっ！　こんなにすごいものを良いのかっ!?　お嬢さん、ありがとうっ！　皆、聞いてくれっ！　このお嬢さんのポーションがすごいんだっ！」

「ソ、ソフィアさんのポーションですっ！」

もちろん、あれはポーションの空き瓶に入れておいた神水なんだけど、狙い通り口論を止める事はできたものの、余計に騒ぎが大きくなってしまった気がする。

『アニエスよ。我は似たような光景を何度か見た気がするのだが』

「あ、あはは……まぁこの街の人たちのためになったという事で」

「お姉ちゃん。早く離れないと、また目立っちゃうよー」

イナリにジト目を向けられ、コリンに急かされながら、慌てて立ち去る事になってしまった。


翌朝。昨日は街でちょっとした騒ぎになってしまったけど、少し離れた宿で普通に一泊して、出発する事に。

前回来た時には閉鎖されていた街道も通れるようになっていたので、貸切馬車で一気に北上する。

目的地は、もちろんソフィアさんとユリアさんがいるリセーの街だ。

「お客さん。リセーの街なら、このまま北上して王都を通った方が本来は早いんだが、今はあちこちで復興作業をしていて通り難いんだ。西から回って行っても良いかね？」

「大丈夫です」

「すまないね」

御者さんからの申し入れで、王都経由ではなく、前に来た時と同じようなルートで進む事に。

馬車が西へ方向を変えると、しばらくして森が見えてきた。

確かここは、暗い色の植物ばかりが生えていた森だ。ちょっと怖い感じがしたけど、今はそんな事もなくて、普通の森に戻っている。

良かったと胸を撫で下ろしていたんだけど、どういう訳か、馬車が進むにつれて変な感じがしてきた。

『む……アニエス。どうしたのだ？　何やら顔色が悪いぞ』

「え？　ううん。何でもないの。気にしないで」

『ふむ。……なるほど。あの街か』

そう言って、子狐姿のイナリが馬車の窓から外を見つめる。

何の事かと思いながら私も同じ窓から外に目をやると、見覚えのある街が見えてきた。

確かあれは……ドードレックっていう街だ。前に来た時に宿へ泊まったらオバケが……うぅ、思い出したら鳥肌が立ってきた。

「お姉ちゃん、大丈夫？」

『アニエスよ。体調が悪いのであれば、無理をせずに神水を飲んで横になるのだ』

「あ、大丈夫よ。ちょっと嫌な事を思い出しただけだから」

結局、イナリに押し切られ、神水を飲んで横になっていたんだけど、ドードレックの街に立ち寄る予定はなかったので、そのまま通過し、ある程度離れたら平気になった。

魔の力はなくなったはずなのに……やっぱりオバケは苦手なのよね。

「イナリ、コリン。心配をかけてごめんね。もう大丈夫だから」

「お姉ちゃん、良かったー！」

『……ん？　そうか。無事で何よりだ』

コリンは明るい笑顔で喜んでくれたんだけど、イナリはまだ何かを警戒しているのか、窓からドードレックの街の方向をジッと見つめ続けていた。

すでにあの街は見えなくなっているのに、それでもイナリが視線を逸らさないのは、やっぱり何かあるのだろうか。それとも、馬車の景色を楽しんでいるだけ？

イナリは今何を考えているのだろうか、と思っているうちに、目的地であるリセーの街へ到着した。

「……すごい！　前に来た時と全く違う！」

「本当だー！　至る所にお花が咲いているねー！」

『うむ。これは花の国という名にふさわしい景色だな』

乗合馬車を降りて大通りを歩いて行くと、街路樹が等間隔に並び、どの木や草花も綺麗な花を咲かせている。

きっとユリアさんの力なんだろうなと考えながら、大きな庭園へ行くと、たくさんの種類の花が綺麗に咲き乱れているのが外から見えた。

きっとユリアさんは庭園の中央に居ると思うので、中へ入ろうとすると……

「すみません。こちらは現在調査中なんです。申し訳ないのですが、一般の方は立ち入り禁止です」

「えっ!? 調査中って……何をですか？ 花がたくさん咲いていますよ？」

「えぇ、その通りです。ですが、季節外れの花も咲いていて、どうして咲いているかがわからないのです。そのため、調査が完了するまでは樹木医以外入れない事になっております」

「そ、そんな……」

目的地を前にして、兵士さんに止められてしまった。

でも、ユリアさんはこの中に居るはずなので、何とかしなければ。

「どうしよう。この中に入らないと……」

『ふむ。アニエスは、この庭園に入りたいのか？ 方法は幾つかあるぞ？』

「……兵士さんを倒したり、壁を壊したりするのはダメよ？」

イナリが庭園に入る方法があると言ってくれたけど、イナリはすぐに強引な手段を取ろうとするから気をつけないと。

『そのような事をしなくとも、これくらいの壁であれば普通に越えられるのだが』

「イナリは飛び越えられるかもしれないけど、私やコリンは無理よ」

「お姉ちゃん。むしろボクの方が簡単に入れると思うよ？　ハムスターの姿になれば隙間から簡単に入れるしさ。それに、庭園の周りは日光を遮らないように壁じゃなくて鉄柵になっているしね」

言われて見てみれば、入り口の門の付近こそ壁があるものの、その他はコリンの言う通り背の高い柵になっていた。

私の身長よりも遥かに高い柵だけど、イナリなら簡単に飛び越えられるのだろう。

「決まりだな。では行くぞ」

周囲に人が居ないからか、イナリがあっという間に本来の姿に戻る。

「えっ⁉　待って待って！　どこから行くの⁉」

「もちろん、ここからだ。……言っておくが、火の聖女が魔の力を封じたため、我の探知魔法が使えるようになっている。中の者たちに見つからずに潜入するなど、造作もない事だ」

「あ、そういう事なら、お願いしようかな」

そう言うと、イナリが私を抱きかかえる。てっきり、前みたいに大きな狐の姿になって私を運ぶと思っていたのに、どうして今回は姿を変えないのっ⁉

ドキドキする私をよそに、イナリが簡単に塀を跳び越え、庭園の中へ。

ちなみに、どうせハムスターに変身するなら……と、コリンは私の肩に乗っている。別れて行動するよりも、この方がはぐれなくて良いよね。

「アニエスよ。庭園の中に入ったが、どこへ向かうのだ？」

「中心部に行きたいのよ」

「ふむ。中心部にはほとんど人がおらぬ。容易に行けるであろう」

そう言って、イナリが私を抱きかかえたままスタスタと歩きだす。

いやあの、人が居ないなら下ろしてくれても良いんだけど……と思っていると、イナリが私の心を読んだかのように、何もない場所で私を下ろす。

「あ、イナリ。私としては、別にあのままでも……」

……って、私は一体何を口走っているのよっ！

「む？　何か言ったか？　ひとまず庭園の中心についたぞ。何をするかはわからぬが、他の者が来る前に用事を済ますが良い」

幸いイナリは私の呟きが聞こえていなかったみたいなので、何とか冷静を装って周囲を見渡す。

「え？　ここが庭園の中心？　何もないわよ？」

「だが中心には間違いないぞ？　以前に花の王女が咲いていた場所でもある」

イナリに言われて改めて見てみると、確かにユリアさんと出会った場所だ。だけど、周囲には多種多様な花が咲いているというのに、何故ユリアさんはここに居ないのだろうか。

「どうしてユリアさんが居ないの!?　魔の力が封印されたのに」

「……アニエスはユリアの所へ行きたかったのか。それなら、ここではない。アニエスと土の聖女が協力して作った森に居るな」

「良かった。そっちに居るのね。ユリアさんやソフィアさんに何かあったのかと思っちゃった」

「この感じからすると、二人とも大丈夫であろう。では、早速そっちへ行くか?」

「えぇ、お願い」

イナリが再び私を抱きかかえ、ひょいっと庭園の柵を飛び越えると、真っ直ぐ北へ行き、森の前で地面へ降ろしてくれた。たくさん木が生えている大きな森の中をしばらく歩いていると、先導してくれていたイナリが、一本の木の前で突然足を止める。

「イナリ、どうしたの?」

「ここだ。この木がソフィアだ」

「え!? ま、待って! 確か、ソフィアさんは精霊の力を取り戻しつつあるから、木になっちゃうのは避けたはずなのに! そんな……」

周囲の木に比べて、少し小さな木がソフィアさんだとイナリに言われ、思わずその場にへたり込む。ソフィアさんだったという木に縋《すが》りつき、その幹をギュッと抱きしめると、突然ソフィアさんの声が聞こえた気がした。

「アニエス。何をしているんだい?」

もうソフィアさんに会えない寂しさから、幻聴が起こっているのかも。

「だって、ソフィアさんが……」

だけど、それでも久しぶりに聞くソフィアさんの声に、俯《うつむ》いたまま言葉を返すと、再び声が聞こえてくる。

「私が一体どうしたっていうんだい？」

「ソフィアさんが木になってしまって……」

「まぁ私はドリアードだからね。一時的に木の姿になる事くらい容易《たやす》い事なんだが」

「……ん？」

気がつけば、縋《すが》りついていた硬い木の幹が柔らかくなっている。恐る恐る顔を上げると、いつも通りのソフィアさんが立っていて、私を見下ろしながらものすごく困惑していた。

「ソフィアさんっ！」

「な、何だいっ⁉　アニエス。久しぶりに会うとは言っても、少々大袈裟過ぎないかい⁉」

「だって……ソフィアさんが木になっちゃったのかと思って」

ソフィアさんに話を聞くと、人の姿でこの森に居ると、森に入って来た人と遭遇した際に怖がられたり、魔物と勘違いされたり、道に迷っていると思われて街へ案内されたり……と、面倒なので木の姿になっていたらしい。

「アニエスたちが魔の力を封じてくれたんだろ？　そのおかげで、この花の国にも人が戻ってきたんだ。良い事じゃないか」

「そうですね……って、あれ？　そういえばユリアさんは？」

「あぁ、ユリアなら森の外だよ。花の女王の力を習得するために頑張っているよ」

ソフィアさんに案内してもらい、皆でユリアさんがいる場所へ。

街とは反対側――森の北西の方へ抜けると、ユリアさんが赤い髪を乱しながら、何度も手を振りかざしていた。

「首尾はどうだい、ユリア」

「ソフィア様……やはり、母のように上手く使いこなす事は難しいようです」

「そうかい。だが本格的に練習を始めたばかりだからね。気負い過ぎずにやっていこうじゃないか」

「はい。ありがとうございます」

どうやら精霊の力を使う練習が上手くいっていないようで、ユリアさんが悲しそうに顔を伏せる。

かなり参っているのか、しばらくしてやっとユリアさんは私たちに気づいた。

「……あっ！　アニエス様っ！　ご無沙汰しております！　周囲から魔の力が消えたのですが、アニエス様のおかげですよね⁉」

「私は火の聖女のモニカちゃんにお願いしただけなんだけど、魔の力が封印されたのは確かよ」

「いえ、アニエス様のおかげで、この国の植物が蘇ったんです。本当にありがとうございますっ！　……ただ肝心の私が、まだ花の精霊の力を上手く使いこなせなくて」

「うーん……そうだ。ユリアさん、よろしければお水を飲まれますか？」

水の聖女の力で出せる神水は、飲むと一定時間能力を高める事ができるので、コップに水を注いでユリアさんへ。

「わっ！　すごい！　やりたい事が簡単にできますっ！　なるほど、こういう感覚でやれば……」

「アニエス。重ね重ね、ありがとうよ。ユリアもコツさえ掴めば、きっとすぐに上達するさね」

ユリアさんが精霊の力を使って、夢中で周囲に花を咲かせ、ソフィアさんがその様子を見て嬉しそうに微笑んでいる。

うん、力になれて良かった。

二人にいろいろと話があるんだけど、今はものすごく練習したいとユリアさんが言うので、ひとまずソフィアさんにこれまで起こった事を説明する。

「ふぅん。火の聖女が魔の力を封じてくれたのかい」

「はい。ただモニカちゃんはまだ幼いし、自分自身で火の神のシンボルを作ったりはできないと言っていましたけど」

「まぁ魔の力が復活するなんて、余程の事がないと起こらないだろうし、もしもまた復活するような事があったとしても、その頃には火の聖女も自分で火の神のシンボルを作れるようになっているさね」

「そう……ですよね」

ソフィアさんの言う通りで、モニカちゃんの事だから、きっとそれまでに火の聖女として成長しているると思う。ただ、そうなると私は？　私も水の聖女として成長しないといけないよね。

でも、聖女として成長するためにはどうすれば良いのだろう。モニカちゃんに成長を期待するくせに、私が何もしないという訳にはいかない。

「ねぇ、イナリ。水の聖女として成長するためには、どうしたら良いと思う？」

「む？　突然どうしたのだ？」

「えっと、モニカちゃんだけじゃなくて、私も成長しないといけないんじゃないかなーって思って」

「ふむ。そういう事であれば、アニエスに向いている方法があるぞ」

「そんなのがあるの!?　ぜひ、教えて！」

「うむ。神水で洗った魔物を食するのだ」

あ、うん。そうね。魔物を食べて使える魔法を増やすなんて事をしているのは、私くらいよね。

だけど、そういう事ではないと思うんだ。イナリの言う方法で、確かに雷魔法や氷魔法なんかが使えるようになって、できる事が増えたけど、水の聖女としての力とは違う気がする。

「お姉ちゃん。悩んでいるなら、他の聖女さんに聞いてみたら？　例えば、太陽の聖女さんとか」

「太陽の聖女……ビアンカさん！」

「うん。こういう言い方は良くないかもだけど、土の聖女さんや火の聖女さんよりも、聖女の力を使いこなしている感じがしたもん。あと、お姉ちゃんより年上だし、いろいろと教えてくれるんじゃないかなー？」

なるほど。コリンの言う通り、ビアンカさんは天候を操る事ができて、かつ広範囲の人々の傷を癒していた。聖女の力を使いこなすという意味では、今まで出会った聖女さんの中ではビアンカさんが一番な気がする。

ただコリンは気づいていないのか、それとも忘れてしまったのか……ミアちゃんも私より年上だからね？　ドワーフの女性は種族的に小柄らしいから、どうしても幼く見えちゃうけどさ。

「コリン、ありがとう！　そうね。ビアンカさんに相談してみようかな」

「お姉ちゃんが元気になって良かったよ」

「皆……しばらくしたら、次は太陽の国イスパナへ行っても良いかな？」

イナリとコリン、ソフィアさんを見渡して聞いてみると……

「我はアニエスが行く先へついて行くだけだ。アニエスが行きたいのなら、気にせず行くが良い」

「ボクも大丈夫だよー！」

「それがアニエスに必要な事なのだろう？　私がとやかく言う事ではないよ。……ただ、行く前に超級ポーションは幾つか作ってほしいけどね」

三人が快諾してくれたので、ソフィアさんの依頼通り、しばらくポーション作りに励んだら、久々にイスパナへ行ってみる事にした。

エピローグ

――葛藤する占星術師ロレッタ――

「あの、トリスタン王子。もうお金は良いので、ついて来ないでいただきたいのですが。家に帰るだけですので」

「む、むぅ……待ってくれ。ロレッタの力は便利……こほん。いや、その……俺にはロレッタの助けが必要なのだ。そ、それに……そうだ！　ロレッタもA級冒険者の俺様と一緒でないと困るだろう？　家へ帰るため、国境を越える時に。ふっ……B級以上の冒険者でないと、国境を越えられないからな」

しどろもどろだったトリスタン王子が私の弱みを握ったとでも思ったのか、急に饒舌になった。

はぁ……死にかけていたところを発見してしまったので助けたけど、まさかこんな人だったとは。

「あの、王子。お忘れですか？　私はA級占い師に認定されているのですが」

「あ……わ、わかった！　では、最後に一つだけ占ってくれないだろうか」

「……わかりました。一つだけですからね？」

「あぁ。約束しよう」

次で最後だと約束してくれたので、レッゼブエルに——自国へ戻るために西へ向かって歩き、日が沈んできたので、次に辿《たど》り着いた村で宿を取る。

そして、完全に日が沈んで星が見え始めたので、最後の占いをする事に。

「王子。では、約束通り最後の占いです。何を占いますか？」

村から出て、すぐ近くにあった林の中で王子に問う。

私の占いは星が出ていなければ使えないけれど、幸い雨が降る事もなく、良い感じに村からの視線を遮り、星が見える場所を見つける事ができた。ここなら問題なく占星術が使えるだろう。

だけど、王子は中々占いたい事を言ってくれない。昼に王子が最後の占いを……と言って、かなりの時間が経っているし、内容が決まっていないという事はないと思う。

早くしてもらえないだろうかと内心思ったところで、ようやく王子が口を開いた。

「俺の剣は今、ここから東——ベーリンにあるのだろう？」

「えぇ。そのように占いに出ておりました。再びあの剣の場所を捜されるのですか？」

「いや。ロレッタからアニエスの話を聞いて、あの者たちによって俺の剣が手の届かない場所に行ったのが何となくわかるのだ。あくまで何となくだが」

「はぁ……」

「そこで……だ。あの俺の剣と同等の力を持つ武器を手に入れるためには、どうすれば良いかを知りたいのだ」

「……わかりました。ただし、そもそもそのような武器が存在しないという結果が出る可能性もあります。その場合でも、この占いを最後としますからね？」

「わ、わかった」

本物は見ていないけど、あの剣はアニエスさんたちと深い関わりがあるような気がした。それに、ただの勘だけど、あの剣は王子の剣ではないと思う。

もっと重大な何かが関係していそうな気もするのだけど……いけない。占星術に集中しなければ。

星の声に耳を傾け、星の意思を聞く。そうすると、次第に星から導きが……ない!?

これは、トリスタン王子の言う武器がないという事だろうか。だけど、それならそれで、そのような物はないと教えてくれるはずなのに。

「……いつもより、かなり長いな」

「し、静かにお願いいたします」

「わかった」

トリスタン王子曰く、いつもより長く時間が掛かっているらしい。

自分では全く分からないのだけど……もしかして、私に雑念が多過ぎるから？　星の声に集中できていなかったのだろうか。

『南西だ。そこに……』

ようやく星の声が聞こえたと思ったけど……いつもの声と違う!?　それに、答えを言う前に、まずどの星が導いてくれるのかを示してくれるはずなのに、それもなかった。

これは、どういう事なの!?

「……終わったのか？」

「は、はい」

「おぉ！　それで、どのような結果が出たのだ⁉」

いつもの占星術とは、明らかに雰囲気が違ったのだが、あの答えを伝えて良いのだろうか。それとも、そんな物はなかったと答えるべきだろうか。

私の勘に従うのであれば、あの剣と同じような武器はないと答える方が良い気がする。だけど、占いの結果を捏造する事は……占星術師としてできない！

「南西……南西にあるそうです」

「南西⁉　ここからだと……フランセーズか⁉　だが、そのような武器の話など聞いた事がないぞ？」

「フランセーズかどうかはわかりません。その先にある、イスパナという可能性もありますが、そこまでは……」

「なるほど。太陽の国か。行った事はないが、あそこもそれなりに歴史のある国のはずだ。わかった。ロレッタ……では、ここからは別行動だ。世話になったな」

そう言って、トリスタン王子は南西に向かって歩き始めた。

これで……これで良かったのよね？

＊＊＊

ユリアさんがいる森に、ソフィアさんが魔法で木の家を作ってくれたので、そこに滞在して早数日。

この家は、ウッドゴーレムを作る魔法を応用して作ったそうで、気配を察して勝手にドアを開閉してくれたりする。最初はかなり驚いたけど、慣れるとかなり便利だ。ただ、お風呂の扉を勝手に開けられた時は、思わず悲鳴をあげてしまったけど。

それはさておき、当初はソフィアさんの依頼で超級ポーションを幾つか作ったら、イスパナへ発つつもりだったけど、今もこうしてネダーランに滞在しているのは、ユリアさんからもう少し待ってほしいと言われたからだったりする。

精霊の力を使いこなすのは、一朝一夕でできる事ではなく、神水を飲んでいろんな力の感覚を掴んでおきたい……という事だった。

そのため、この数日間はコリンがイナリに付き合ってもらって弓矢の練習を。ユリアさんは神水を飲みながら精霊の力の練習。そして私は、ソフィアさんに指導してもらいながら上級ポーションの作成と、これまでとは違う種類のポーションの作り方の習得に勤しんでいた。

「アニエス。今度はこっちの薬草を試してみよう」

「これはどういう効能があるんですか？」

「このセンマキ草は、貧血に効果があるんだよ」

「なるほど。そうなんですね」

「よし。じゃあ次は……」

しばらくポーション作りの練習をしていると、コリンとイナリが戻ってきた。

「お姉ちゃん、ただいまー！」

「戻ったぞ……ふふ、アニエスよ。ここ数日でコリンの腕はかなり上がったぞ。きっと我の教え方が良いからだな」

あのイナリが満足そうに頷いているので、コリンの弓矢はかなり上達しているのだろう。

「おかえり。コリン、イナリ。ご飯はもう少し待ってね」

「それは構わぬが……アニエスよ。今度は何の薬を作っているのだ？」

「今作っているのは、貧血に効くポーションよ」

「ふむ。それならアニエスの神水を飲めば、すぐに回復するのではないか？」

「いやまぁ、そうなんだけどね」

イナリの言う通りで、怪我を治すポーションなら神水を使って作る上級ポーションで良いし、状態異常なら神水をそのまま飲めば治す事ができる。だけどそれは水の聖女の力であって、ポーションそのものの力ではない。

それで、この機にポーション作りをしっかり学ばないか？　とソフィアさんから提案されて、今に至っている。

「いろいろと試してみて分かったんだけど、神水は長期保管に向かないみたいなの。どういう仕組みなのかは分からないけど、神水をそのまま密閉保存しても次第にその効果が失われてしまうのに、ポーションにすると効果が失われないのよね」

「ふむ。不思議なものだな。だがそれは、神の加護は水の聖女であるアニエスからしか享受できないという事ではないか？」

「それは何とも言えないけど、いろんな効能のポーションが作れる方が良いかなって思って」

イナリにポーションの話をしていると、ソフィアさんがさらに補足してくれる。

「イナリ様。アニエスの作る超級ポーションは確かにすごいです。しかしながら、極端な例ではありますが、ただの風邪や、ほんの擦り傷程度の者には過剰な薬となってしまいますので」

「なるほど。その程度の状態の者に、アニエスの作ったポーションを与えるのは確かにもったいない気がするな」

「はい。それに同じポーションばかり作り続けていると、使用する素材に偏りも出ますし、以前のようにその素材が手に入らなくなった際に、他のポーションを代替にする事ができなくなってしまいますので」

これについては、いつも使っている上級ポーションの材料が手に入らなくなっても、少し劣る中級ポーションを代わりに作ったり、別の材料で上級相当のポーションを作ったりできるというのをソフィアさんから教えてもらった。

とはいえ、魔の力によって植物自体が入手し難くなってしまうとダメなんだけど。

という訳で、ソフィアさんの熱の籠《こも》った指導がしばらく続いた結果……

「アニエス。A級薬師の認定試験に申し込んでおいたよ」

「……えっ⁉　ソフィアさん⁉」

「今のアニエスなら大丈夫さね。神水を使用しなくても、A級なら余裕だよ。フランセーズの薬師ギルドで受験しておいで」

唐突に、A級薬師の認定試験を受験する事になってしまった。

「あの、ソフィアさん。A級薬師を受験って仰《おっしゃ》いましたが、普通はもっと下位の等級からですよね？　そんな飛び級みたいな事ができるんですか？」

「普通は無理だね。だけど、私がS級の薬師だから、その私に弟子入りしているって事にして、私が推薦すれば受けられるんだよ」

「そ、そんな事ができるんですか」

「あぁ。薬師ギルドに限らず、A級までなら飛び級が可能なんだよ。まぁ流石にそれ以上はできないはずだし、そもそもS級に認定されている者なんて、大半がひねくれているからね。弟子もとらないし、推薦もなかなかしないよ……手続きが面倒だからね」

話を聞いていると、どうやらソフィアさんがリセーの街へ行って、薬師ギルドで手続きをしてくれたらしい。

「……あれ？　それなら、フランセーズまで戻らなくても、リセーの街の薬師ギルドで試験を受けた方が、ソフィアさんに教えてもらった事をしっかり覚えている内に受験できるような……」

「私もそうしたかったんだけどね。まだ花の国ネダーランが復興中だからね。ギルドの受付ができる者はともかく、A級薬師の認定試験の試験官ができるような人が居ないんだってさ」

「なるほど。わかりました」

という事は、今教わっている薬の作り方を、馬車で移動している間も忘れないようにしっかり復習しないとね。

ただ、本来の試験って一夜漬けじゃなくて、しっかり身に付いているかどうかを試すものだと思うけど。でも、これで私が試験に落ちちゃったら、推薦してくれたソフィアさんに迷惑がかかりそうな気もするし、何としても受からなきゃ！

「そうそう。言い忘れていたけど、フランセーズでもA級薬師の試験官ができる者は限られているんだよ」

「そうですよね。A級以上の実力がないとダメですもんね」

「あぁ。その試験官の都合でね、あと三日以内に試験を受けてほしいそうだ。でないと、その試験官が別の国へ移動してしまうみたいでね」

「三日……ですか。それだと、明日の朝には出発しないと間に合わないのですが、ユリアさんは大丈夫でしょうか？」

今は、ユリアさんから神水が欲しいと言われて、出発を延ばしている。突然、明日ここを発つと言って、大丈夫かな？

「大丈夫さ。そもそも、ユリアはもう自分の力だけで精霊の力を使えるはずなんだよ。でも今は、魔力ではなく、自分の力に自信が持てないというメンタル的な理由で使えていないんだ。それを神水があれば使える……と思い込んでしまっているんだよ」

「あ、じゃあ私は余計な事をしてしまったんですか!?」

「いやいや、最初の神水は助かったよ。あの頃のユリアは、本当に力を使えていなかったからね」

ソフィアさんにそう言われ、ひとまず胸を撫で下ろす。

それから、ソフィアさんと話して、明日の朝に出発する事となったので、森で精霊の力の練習をしているユリアさんへネダーランを発つ事を伝えにいく。

「……って、ソフィアさん。ユリアさんって、どこに居るんですか？」

「ふむ。周囲の植物と同化する力の練習中みたいだね。私はどこに居るかわかるけど……アニエスはどうだい？　ユリアに力が正しく使えているか判断させてあげるためにも、見つけてみてくれないかい」

「や、やってみます」

ソフィアさんの言い方からすると、力が上手く使えていないって事よね？　ちゃんと力が使えていれば、私が見つけられる訳がないから。

だけどそうは言っても、森の中で精霊の力を使って隠れているユリアさんを見つけるなんて、どうすれば良いんだろう。

「お姉ちゃん。ボクわかったよー！」

「えぇっ!?　そ、そうなの!?」

「もちろん、我もわかっておるぞ。これはアニエスの観察力の訓練にもなるかもしれんな」

えぇ……観察力⁉　でも冒険者にも薬師にも必要な能力だと思うので、私も探してみよう。

身長差のあるコリンとイナリが見つけているという事は、しゃがんだりせずに、このまま見つける事ができるはず！

そう考えながら周囲を見渡すと、森の中に青や紫といった暗めの花が幾つか咲いているんだけど、その中に一輪だけ真っ赤なバラが咲いていた。

「えーっと、ユリアさん……だよね？」

「えぇっ⁉　どうして分かったんですか⁉」

「周囲の花と雰囲気を合わせた方が良い……かな」

「うぅ、勉強します」

私もユリアさんも、それぞれもっと勉強しないといけないみたいね。

「……あと、ユリアさん。急で申し訳ないんだけど、実は明日の朝にフランセーズへ帰る事になっちゃったの」

「あ……そ、そうですか。いえ、仕方ないですよね。元々、ご自身の国へ戻られた後、太陽の国へ行く予定だと仰《おっしゃ》っていましたよね」

「それはそうなんだけど、また別件があってね。だから、神水はもうあげられないの……」

そう言うと、ユリアさんがハッとして、青ざめる。

「そ、そうでした……ど、どうしよう」

「まったく……さっきアニエスにも話したけど、ユリアはもう神水なしで精霊の力を使えるはずなんだ。気をしっかり持ちな」

「ソ、ソフィア様。ですが……」

「弱気な言葉は聞きたくないね。私が大丈夫だって言っているのに、ユリアはそれを疑うのかい!?」

ソフィアさんの言葉を聞いて、ユリアさんが激しく首を振る。

でも、もう力が使えるってソフィアさんは言うけど、ユリアさんは魔の力に対抗するため、神水で無理矢理成長して花の女王になったから、心はまだ幼いはず。

あまり無理をさせないでほしいと、精霊の力の事を知らない私が口出ししてはいけないだろうか。

ハラハラしながらユリアさんを見ていると、しばらくして顔を上げる。

「あ、アニエス様！　明日の朝、私が神水なしで精霊の力を使える事をお見せします！　どうか、それだけ見届けていただけないでしょうか」

「えぇ、もちろん！　ユリアさん……頑張って！」

「はいっ！」

そう言って、ユリアさんが森の奥へと姿を消す。

「アニエス。すまないが、出発前に少しだけ付き合っておくれ」

「はい。それは構わないんですけど、もう少しだけ、ユリアさんのペースで……」

「アニエスが言いたい事は分かるよ。でもね、また同じような事が起こった時に、ユリアにはある程度自分で自分の身を護れるようになってほしいんだ。あの子は今、花の精霊の女王だ。草花を守り、助けてあげないといけないからね」

……確かに。王族って華やかなイメージがあるけど、ユリアさんも、モニカちゃんも、幼いのにすごく大変な役割を……うん。やっぱり私も頑張らないと！

「ソフィアさん！　出発ギリギリまで、ポーションについて教えてもらっても良いですか？」

「あぁ、もちろんだよ。アニエスには、私の薬師としての知識をできるだけ学んでほしいからね」

それから、ソフィアさんに夜遅くまで薬作りについて教えてもらい……翌朝。朝食を済ませた私たちは、森の入り口に居たユリアさんのところへ。

「アニエス様！　昨日、神水をいただいたのが最後で、今日はいただいておりません。神水の支援なしで精霊の力を使ってみせますので、どうか見届けてください」

そう言って、ユリアさんが目を閉じる。

「ユリアには、この草原一帯を花畑にする課題を出している。花の女王としてはできて当然と言える力だ」

これからやろうとしている事をソフィアさんが説明すると、少ししてユリアさんが目を開いた。

「お花よ……私の願いに応えてっ！」

そう言って、ユリアさんが両手を広げ……でも、何も起こらない。

「どうして……神水をいただいていれば、できるのに」

「ユリア。何度も言っているけど、アンタに足りないのは気持ちだよ」

「それは、わかっているんです。ですが……」

「いや、わかっていない。もうユリアは母親に守られていたお姫様ではないんだ。ユリアが草花を守らなくちゃいけない。それには、自分が守るという強い意志を示さなきゃならない！」

「強い意志……」

「もう一度言うよ。ユリアは、もう花の女王だ。その事をよく考えな」

ソフィアさんの言葉で、ユリアさんがしばし何かを考える。

その一方で、コリンがそわそわし始めた。

「……お、お姉ちゃん。馬車の時間って大丈夫なの？」

「……も、もう少しなら」

コリンが小声で話しかけてきたけど、確かに時間が危うい。

せっかくソフィアさんに手続きをしてもらったり、さまざまな薬の作り方を教わったりしたので、できる事なら今回受験したいけど……どうしようかと悩んでいると、ユリアさんが顔を上げた。

「ソフィア様！　アニエス様！　これで最後です。今度こそ、見ていてくださいっ！」

今までとは顔つきが違い、キッと目を見開いている。

「お花たちよ！　私の許に集いなさい！」

さっきのお願いとは違い、ユリアさんが強い指示を出すと……目の前の草原に色とりどりの花が一斉に咲き乱れた！

「……できた」

「うん。良いだろう。神水を飲んでいる時は、水の聖女の力が働いて、お願いでも精霊の力を使えていたけど、今みたいに指示してあげれば良いのさ」

良かった。これでユリアさんは、もう神水なしでも大丈夫かな。

「アニエス。ユリアはちゃんと成し遂げたよ。次は、アニエスに頑張ってもらわないとね」

「あ、あははは。が、頑張ります」

「アニエス様なら、きっと大丈夫ですよ！　頑張ってください！」

うぅ。さっきまでとは打って変わって、私が応援される側になってしまった。

けど、ユリアさんもソフィアさんの課題をちゃんとこなしたし、私だって！

「では、ソフィアさん。ユリアさん。行ってきますね」

「あぁ、頑張っておいで」

「アニエス様！　きっとまた、花の国へ遊びに来てくださいね！」

もうしばらくユリアさんをサポートするというソフィアさんと、ユリアさんに見送られ、イナリとコリンと共に馬車の停留所へ向かう。

「アニエスよ。ソフィアはあぁ言っているが、無理はしなくて良いのだからな？」

「うん。でも、ユリアさんがソフィアさんの期待に応えたように、私もちゃんと応えてみせるよ」

「そうか……わかった。ではアニエスのサポートは我がしっかりやろう」

イナリがそう言うと、今度はコリンが口を開く。

「お姉ちゃん、ボクも応援するからね！」

「えぇ、ありがとう」

イナリとコリン。そして離れた場所に居るけど、ソフィアさんやユリアさんが応援してくれている。

そして、ミアちゃんやモニカちゃんが聖女として成長している様子を見せてくれた。

私も皆の応援に応え、そして成長していけるように頑張らなきゃ！

新たな決意を胸に、フランセーズへ戻る事にした。

婚約破棄で追放されて、
幸せな日々を過ごす。
1~2
[原作]末松樹
[漫画]不二原理夏
RC Regina COMICS
……え?
私が世界に一人しか
居ない水の聖女?
あ、今更泣きつかれても、
知りませんけど?
チートな水魔法で
伝説の妖狐に
懐かれました!?
大好評発売中!
アルファポリス
Webサイトにて
好評連載中!
婚約者の第三王子が趣味で組んだ冒険者パーティに所属する少女・アニエス。ある日、彼女は水魔法しか使えないことを理由に、王子から突然の婚約破棄とパーティ追放を言い渡されてしまう。好きでもない王子から解放されたアニエスはこれ幸いと、野営中に出会った伝説級の妖狐・イナリと共に自由気ままな旅に出ることに。だけど、実はアニエスの水魔法はとんでもない能力を秘めていて——?
無料で読み放題
今すぐアクセス!
レジーナWebマンガ
B6判 / 各定価:748円(10%税込)

この作品に対する皆様のご意見・ご感想をお待ちしております。
おハガキ・お手紙は以下の宛先にお送りください。

【宛先】
〒150-6008 東京都渋谷区恵比寿 4-20-3 恵比寿ｶﾞｰﾃﾞﾝﾌﾟﾚｲｽﾀﾜｰ 8F
（株）アルファポリス　書籍感想係

メールフォームでのご意見・ご感想は右のＱＲコードから、
あるいは以下のワードで検索をかけてください。

アルファポリス　書籍の感想　検索

ご感想はこちらから

本書は、「アルファポリス」（https://www.alphapolis.co.jp/）に掲載されていたものを、
改稿、加筆のうえ、書籍化したものです。

婚約《こんやく》破《は》棄《き》で追放《ついほう》されて、幸《しあわ》せな日《ひ》々《び》を過《す》ごす。3

……え？　私《わたし》が世界《せかい》に一人《ひとり》しか居《い》ない水《みず》の聖女《せいじょ》？　あ、今更《いまさら》泣《な》きつかれても、知《し》りませんけど？

末松 樹（すえまつ　いつき）

2023年 12月 31日初版発行

編集－大木 瞳
編集長－倉持真理
発行者－梶本雄介
発行所－株式会社アルファポリス
〒150-6008 東京都渋谷区恵比寿4-20-3 恵比寿ｶﾞｰﾃﾞﾝﾌﾟﾚｲｽﾀﾜｰ8F
TEL 03-6277-1601（営業） 03-6277-1602（編集）
URL https://www.alphapolis.co.jp/
発売元－株式会社星雲社（共同出版社・流通責任出版社）
〒112-0005 東京都文京区水道1-3-30
TEL 03-3868-3275
装丁・本文イラスト－祀花よう子
装丁デザイン－AFTERGLOW
（レーベルフォーマットデザイン―ansyyqdesign）
印刷－図書印刷株式会社

価格はカバーに表示されてあります。
落丁乱丁の場合はアルファポリスまでご連絡ください。
送料は小社負担でお取り替えします。

ISBN978-4-434-33146-6 C0093